小小说精品系列

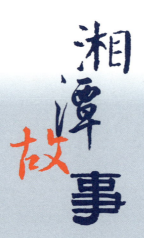

小小说精品系列

湘潭故事

聂鑫森 ———— 著

人民文学出版社

图书在版编目（CIP）数据

湘潭故事/聂鑫森著. —北京：人民文学出版社，2018
（小小说精品系列）
ISBN 978-7-02-013883-8

Ⅰ. ①湘… Ⅱ. ①聂… Ⅲ. ①短篇小说—小说集—中国—当代 Ⅳ. ①I247.7

中国版本图书馆 CIP 数据核字（2018）第 042115 号

责任编辑　脚　印　王　蔚
装帧设计　刘　静
责任印制　王重艺

出版发行　人民文学出版社
社　　址　北京市朝内大街 166 号
邮政编码　100705
网　　址　http://www.rw-cn.com

印　　刷　三河市宏盛印务有限公司
经　　销　全国新华书店等

字　　数　120 千字
开　　本　880 毫米×1230 毫米　1/32
印　　张　6.375　插页 1
印　　数　1—10000
版　　次　2018 年 7 月北京第 1 版
印　　次　2018 年 7 月第 1 次印刷

书　　号　978-7-02-013883-8
定　　价　32.00 元

秋
疯
子

　　湖南潭州的湘楚大学，在二十世纪的三四十年代，既有诸
多名系又有诸多名师，令天南海北的学子心驰神往，无不以入
此校为荣。

　　社会学系是该校名系之一，四十岁出头的秋疯子，则是该
系名声最大的人物。他之所以获此雅号，其一，他姓秋名丰子，
字耕夫，"丰"与"疯"谐音；其二，他有许多惊世骇俗的言行，
带着一股常规难以理喻的疯傻气，不能不叫人另眼相看。

　　社会学是以人类的社会生活及其发展为研究对象，除经
济、政治的大课题之外，还有对某些社会现象如人口、劳动、
民族、宗教、民俗诸多方面的探究。首先提出这个学科名称的，
是法国的实证论者孔德。

　　社会学系的教授们，多半留过洋，领略过欧风美雨的妙处，
同时又有自己专攻的领域。秋疯子在法国巴黎"泡"过几年，
研究的是民俗在社会行进过程中的恒定性和异变性，他的硕士

和博士论文得到洋师长的激赏。他在法国留学时的同学蓟之悦字独乐，如今担纲社会学系的系主任，探讨的是中国之所以贫穷，与毫无节制的人口增长，具有什么形态的对应关系，他的口头禅是："穷苦人呀，生那么多孩子干什么，这才造成了国弱民贫！"

秋疯子最不喜欢蓟之悦，认为他做的学问是狗屁不值，把国弱民贫的责任推给生孩子过多的穷苦人，是"欲加之罪，何患无辞"，怎么就不谈政治的腐败、外夷的侵略、富人的贪婪呢？那才是国弱民贫的真正病根。因此这两个人，只要有机会碰在一起，就会对"咬"。秋疯子言辞锋利，如刀似剑，常让蓟之悦丢盔弃甲，悻悻而退。秋疯子私下里也承认，蓟之悦除学问上偏颇之外，却是个大大的好人，只是他面对这位老同学，有些话不吐不快。

秋疯子的衣着很守旧，春、秋、冬喜欢身穿蓝缎子团花长袍，外罩黑缎子马褂，头戴黑绒瓜皮帽；夏天则是蓝、黑长衫，光头，脚蹬黑布鞋。蓟之悦呢，西装、衬衣、领带、皮鞋，西式头，鼻梁上架一副金丝眼镜。

蓟之悦虽是系主任，但为人谦和，没有什么官架子，也不小气钱财。得闲时，经常邀约同事雅集，或去附近的名园、名寺游玩，或在某个酒楼、饭庄设宴。

早春的一个星期日，天气晴明，他们去城郊的昭山寺观赏玉兰花。忽然大风骤起，风沙漫天，树头洁白的花瓣纷纷飘落，大家赶忙避到檐下。

蓟之悦说："对不起诸位了，真可谓大杀风景！"

秋疯子仰天大笑，说："我把这成语改变词序，叫作'大风杀景'或'风大杀景'，独乐兄，你看如何？"

蓟之悦说："还是耕夫兄有捷才，佩服。"

社会学系的教授，虽喝过洋墨水，但国学是自小就涉猎的，功夫都很扎实，许多典籍可说是烂熟于心。相聚在一起，社会学的主业倒很少论及，谈的多是国粹。比如蓟之悦，对《墨子》一书及历代研墨之说十分看重，开口便是"墨学"。一次，蓟之悦在宴会上，忍不住与同桌的人，又侃侃而谈墨子所倡导的"兼爱"。

秋疯子重重放下酒杯，板起脸，竖起眉，站起来骂道："如今谈墨子的人，都是一些混账王八蛋！"

蓟之悦的脸顿时红赤。

秋疯子又愤愤地说："即便是独乐兄的父亲，也是混账王八蛋！"

一向平和的蓟之悦勃然大怒，手指秋疯子吼道："你骂我也罢，怎么可以辱我高堂！"

秋疯子缓缓坐下，笑着说："兄且息怒，我不过是试试你的心境。墨子'兼爱'，是无父也，你今有父，何足以谈墨学？我不是骂你，是测试你对尊父可有孝心。你果真有，这就好！"

一席话引得哄堂大笑。

秋疯子备课，从不用钢笔和轻巧的笔记本。他从南纸店买来褐黄色的毛边土纸，裁出长两尺半、宽近一尺半的长方纸片，再装订好，用毛笔正楷书之，一丝不苟。备课本在讲台上摊开，占的面积很大，学生忍不住发笑。他大言不惭地说："我做的是大学问，只有这种大备课本方可承载！"

他对学生很关照，特别是家境贫寒者，往往慷慨掏钱济助。有找工作困难的，他为之荐介给亲朋好友主掌的单位、部门。学生毕业离校，他会常写信去问问工作、生活情况，一律称之为"××吾弟"。有一次，他的一个学生怀着感激之情回复一信，起首称"耕夫吾兄"，秋疯子拆信一看，拍案而起，骂道："我称学生为弟，是谦逊，他称我为兄，是冒犯，师生关系犹如父子，岂可混淆！"

秋疯子会写诗能作联，毛笔字写得很好，楷、行尤妙，还能信笔作写意国画。

本系的年轻教师荣尚德、马荣英要结婚了，请秋疯子为他们将来的书斋写个匾额、书副对联。匾额他题了四个厚重的楷字："一德双荣。"既嵌入了男女姓名中的字，又有勉励之意；再以行书作联："四壁图书成雅集；五更风雨入幽眠。"举行结婚仪式的时候，原本艳阳高照，忽然天低云暗、雨声喧哗，有宾客惊呼："天公不作美！"秋疯子挥手大声驳斥："此言大谬！既云且雨，天地交泰之象，乃天公为新婚夫妇现身说法，可喜可贺！"

秋疯子研究民俗，以千年古城湘潭作为个案，再广采博撷，出版过数本皇皇大著，誉声四播。他对古城的社会动态十分关注，常常走出书斋，慨然亲历其间。

有一年，此地流行瘟疫，市民谈虎色变。有谣言传布，称郊外关帝庙旁有一个小水潭，取水以饮可除病，于是万人空巷，接踵而至。清水取尽，只余下浑浊的泥浆，人们又取泥浆入口。秋疯子闻说，立赴现场游说并夺人瓢、碗，称这是迷信，饮了不卫生的水更易得病。于是引起公愤，向他抛掷砖头、泥块，他只得落荒而逃。

湘潭城区格局拥挤，县府决定向城郊扩建。西郊有一条小河，河上有一座石桥名叫"腾蛟桥"。抗清名将何腾蛟曾在桥上抵抗入城的清兵，受伤被俘后又不肯降清，终被处斩。后人为了纪念他，将无名小桥命名为腾蛟桥，每年在他殉难之日，人们在桥上设香烛、果品为祭，称为"祭龙节"。现在，县府为出政绩，居然要填河拆桥了。秋疯子狂奔到桥上，手抚桥栏大哭，然后伸开双臂站在桥中央阻止施工，欲与石桥共存亡。蓟之悦知道官方的主意不可改变，怕秋疯子遭到不测，就安排几个校工去把他强拉了回来。第二天的《潭城日报》上，头版头条的标题是：秋疯子哭谏拆桥，何腾蛟何处祭奠。

一九四四年初夏，湘潭沦陷，日军的膏药旗到处飘舞，枪光弹影搅乱了古城往日的平静与清雅。

农历五月初五为传统的端午节，日军司令部早贴出告示：

严禁龙舟下水，严禁祭祀屈原。

当时的湘楚大学早已停课，教师、学生风流云散。

端午节上午九时许，秋疯子一个人来到怡和坪码头的湘江边。这个码头又大又繁忙，为沿江十几个码头之翘楚。

秋疯子把长竹竿上卷着的白布长幡，从容地舒展开来，再把竹竿使劲地插牢在水边的沙滩上。在古俗中，这叫招魂幡，不过秋疯子招的不是已故亲旧之魂，而是国魂。幡的上半截，是他咬破手指，用血写的一首招魂诗："归去来兮中国魂，山河依旧气豪雄。长幡直入云天去，唤醒睡狮怒吼声。"幡的下半截，画的是一只怒眼圆睁、向天而吼的雄狮，浓墨重彩，威风八面。

江岸上观者渐多。

秋疯子从提袋中拿出鞭炮，再在沙滩上插好点燃的香、烛。鞭炮燃响后，他面江而跪，虔诚地磕了三个头，然后站立起来，手持一大杯水酒，转身面对江岸上的人，高声吟道："楚亡屈子投江死，酹酒山河未许愁。四万万人齐奋起，风雷滚滚震神州！"

众人齐声叫好，口号声此起彼伏。

忽有一群日本兵、伪军，从人墙中挤开一条缝，凶狠地冲突出来，把枪口对准了不远处的秋疯子。

砰、砰、砰……

乱枪声中，秋疯子大笑不止，然后缓缓倒下。

后花园

　　有一行雁字，忽从湖对岸密密的柳丛中惊起，嘎嘎嘎，驮一片暮色，斜斜地切入秋空；随即，颤颤晃晃，飘出一轮圆月，似一个银盘被一根紫黑的绳索拽出，银盘缓缓倾斜，于是无数斛的光亮倒入湖中，叮叮当当，但见溅起无以数计的银箔玉片，漂满了半湖。湖的另一半是碧沉沉的荷盖，高高低低，重重叠叠，如伞，月光在上面滚跳嬉闹；数支红荷于碧绿中挺出，镀一层清辉，晶莹剔透，显出无限的娇羞。风徐来，漫开无边无际的清香，与月光糅成一片，花香变得可以看见，月光变得可以嗅闻。雁字已写向更远的天空，倏忽不见。

　　四周好静。

　　这静，似乎带一点冷清，带些许惊悸，将晁家的后花园满满地充塞，竟不留半丝隙缝。正因这静无处不在，也就变得空旷，反觉它原本就不存在。

　　湖畔凸出一座双层木石结构的亭榭，将许多遒劲的线条，写在这一片空间里。从木柱淡褪的漆色与石阶边苍褐的苔斑上，可想见这建筑已有不少年月，因而这些遒劲的线条又是写在时间里。

亭榭四周立着几株金桂，静静地开出一簇簇的桂花，清淡地香在夜的光晕下。

亭内设有一桌两椅，桌上搁几盘残剩的菜肴，立两瓶"茅台"。没有点灯烛，朦胧中可见两个人相对而坐。

"尊行，你我在军务繁忙中，得一日宽闲，也算是平生一件快事了。"

"军座，这些日子你瘦了许多，戎马倥偬，内外胁迫，尊行身为参谋长，却不能想出一个好法子来，惭愧。"

"唉。"武一海轻轻叹了一口气。

他们已经喝得够多了，各自有了几分醉意。

"卫兵！"

武一海喊了一声。

声音有些艰涩，回旋了一阵，竟无人作答。

"军座，有什么事只管吩咐尊行，卫兵在前厅吃饭喝酒，我怕扰了您的清兴，才没让他们来。"

"没什么，喊习惯了。"

"来，再喝一杯。"

"好。"

晁尊行殷勤地给武一海斟酒，那亲切的笑，顺着瓶口汩汩而下，注满了酒杯。他四十刚出头，身材伟岸，特别是那两道剑眉，直插入鬓角，鼻梁且高，因"中岳"耸峙，使棱角分明的脸，更显英俊。

"尊行，你跟我好些年了吧？"

"军座，十八年了。"

"我待你如何？"

"好。"

武一海淡淡一笑，狭长的脸上浮起酡红，端杯的手往上一抬，送到嘴边，呷了一口，放下杯子，用手矜持地捋捋短须。

他已年近七十，身子显得有些臃肿，且患着一些疾厄，在冗繁的军务操持中，已感到从未有过的疲惫。但作为一个军人，他对自己的职业是忠贞不渝的，挺直的腰板，依旧保持着当年的英武之气。

"我是不行了，老了。想息影山林，又怕被人笑话，欲振兴军务，又百般无奈，真如《陈情表》中所说：臣之进退，实为狼狈。"

"军座不必灰心，办法总是会有的。"

武一海摇了摇头，岔开话头，哈哈地一笑，说：

"尊行，真有意思，早几年我请一位'张铁嘴'算了一个命，他说我'五行缺水，将来依旧要归终于水'，我倒有些相信呢。"

晁尊行低头呷了一口酒，用手帕抹了抹额上的汗，说："谁都信命。"

"也有不信的。"

月光如霜，纷纷扬扬斜飘到亭中，两个人全浴在一片空明中了。此刻，从装束上看，绝对想象不出他们是军人，没有穿军装、佩枪械，而是长衫、布履，浑身透出一派儒雅。

湖上有风拂过，荷丛中传来细微的响动，几张荷盖摇斜了，泼洒出如许的月光。

武一海仰脖又干了一杯，酒烈烈地从喉头烧到心里，猛觉有一股豪气往上蹿。好久没有这么痛快过了。他感谢参谋长懂得体贴人，把他邀到晁家花园做一日之游。从早晨到现在，他们赏花、品茶、喝酒，或者谈论一些唐代颇有气势的边塞诗，真可谓"此乐何极"。在恬静的气氛中，他也会想起这一支军队，自己苦心经营多年，是如何的不容易。千军易得，一将难求，参谋长是在他身边长大的，视如养子。将来，他当然要把这支军队交给一个合适的人，当然要选择一个合适的时间合适的地点进行交接。

湖水好静好清，圆月沉浸于湖中，如一块玉璧，微风荡起圈圈涟漪，闪闪烁烁，似一片碎金。

他们许久没有说话。

想到军队眼前的困境，武一海有些焦躁，他感受到了一种难熬的沉闷。他望了望参谋长，参谋长也正望着他，然后低下了头。显出一种难言的内疚。

"尊行，不必着急，我想总会有办法的。"

“是。军座。”

“尊行，那湖上的月光几多妩媚。我们荡一叶小舟去看看如何？”

“军座，湖上风凉……”

“不怕。那年，我们在雪地行军，一走两百里，脚趾都冻僵，想起来好像就在昨日。”

武一海径直走出亭子，潇洒地走到无边的月光下，仰头一望明月，吟道：“明月几时有？把酒问青天，不知天上宫阙，今夕是何年。”

湖边的一棵柳树下，系着一只小船，小船上搁着双桨。

武一海解开缆绳，晁尊行正要先跳上去，忽然跑来一个卫兵。

“报告参谋长，客厅有人求见。”

晁尊行停住脚步，望了一下武一海，顿了一阵，才说：

“今晚我要陪军座赏月……不会客。”

武一海见状，忙拉住晁尊行，说：“你去见了客再来，我先玩一会儿。”

晁尊行这才说：“那也好。尊行马上就来。失陪。”说完，便和卫兵匆匆走了，脚步有些慌乱，走了老远，还回过头来望了一阵。

就在这一瞬间，武一海惊出了一身冷汗，这空旷的后花园，这宁静中深藏的不安，他猛地悟出这是怎么一回事。他下意识地摸了摸腰间，枪没有带，即便带了枪，又有什么用！在突然发现事态的严重后，他反而坦然了。于是从容跳上船，操起双桨，朝湖心划去。

他想起一天中尊行的种种神态——看来尊行是等不及了，要下手了，但又分明带着许多的愧悔与惶怵。刚才，如果不是他叫尊行去会客——然而，这会客不过是虚掩——尊行是不会去的，他对自己还怀着一些温情脉脉的东西，是自己无意中的催促，使尊行毅然往前走了一大步，把那个决心下了。

这时间合适，这地点合适，只是这"形式"……

船头前犁起细细的浪花，每一朵是如此的晶洁，月光直泻入船中，似可用手掬起。船很轻，似飘，似飞。

他自小生长在山地，几曾见过这样的情景。后来入了军旅，战事频繁，实在生发不出吟赏花月的闲情逸致。今晚是尊行成全了他。

月夜原是这般的美丽，美丽得让人把一切皆忘却，继而又生出淡淡的愁来，这愁是因这月夜的美好而催发出来的。于是，他想起许多古人咏月的诗句，"玉鉴琼田三万顷，着我扁舟一叶"，这意境今晚他是领会到了。

他停住桨，舒展身子，躺在船舱里。

不知为什么，他又想起了尊行，毕竟是一个将才，有勇有谋，心狠手辣，将来是可以成就一番事业的。这些日子，尊行对他的每一个决策，几乎全是首肯，不多说一句话，让他这老头孤独地筹划军务，以至弄得身心极为劳顿……这小子，有心计！

密匝匝的荷叶中，又有了轻微的响动。

湖上此刻没有风。

他蓦地坐起来，挺立了腰板，悠悠地荡起桨，朝那荷丛划去。

有人等得不耐烦了。何必折磨别人折磨自己呢。

月光倾泻在湖上，渐渐地多渐渐地稠，整个湖在轻轻摇晃，仿佛承受不住这小船的分量。

小船离荷丛越来越近了。那是一片何等深沉的碧绿，粗墨的荷梗交加错杂，分明是一幅大写意丹青。他知道在重重叠叠的暗影后面，有黑洞洞的枪口在等着。

他停住了桨。

何必让那枪子在身上穿过去，那对于尊行没有好处，毕竟太让人失望。若是部下互相火并，这支军队岂不全完了。尊行要成就一番功业，没有这支军队是不行的。而且，自己的几个儿子岂肯罢休，一旦结下仇怨，更大的悲剧将等着他的全家……

于是他站起来，整了整衣衫，望着湖水中飘浮的明月，伸出双臂，猛地跃下水去，小船一阵摇晃。湖心冲起一个大浪，无数的波纹匆匆推向岸边，击起一层一层的浪花。

武一海不识水性，但感觉到了水的柔软，便轻盈地朝那月亮飞去，飞得那么急速，那么惬意……

　　第二天，本城的小报上登出消息：军长武一海不幸落水身亡，参谋长晁尊行被推拥述职。

　　接着，新任军长晁尊行亲自举幡执绋，为武一海举行了规模盛大的公祭，一切费用俱由军部担承。

　　晁尊行悲恸至极，他跪在棺木前，凄怆地哭喊着"武军长……武军长……"他整个面庞瘦成了狭长，眼光滞呆。武一海的死震撼了他的整个灵魂，武军长是一个真正的胜利者，为了保全军队及部下的名声，他选择了一种合适的方式去死。在对军队的神圣责任感上，在对世态人事极为冷静的评判上，晁尊行自愧弗如，败得极惨。

　　武一海下葬后，晁尊行率领营以上军官，到武家去看望武夫人及其子女，并许诺每月奉送大洋三千，作全家的生活费用。

　　武夫人呜呜咽咽地哭，感动得说不出一句话来……

当

索

德义当铺的掌柜钱钦其,在热气腾腾的池子里泡好了澡,披着浴衣,消消停停回到雅间的卧榻上时,突然发现旁边的卧榻上已经躺好了又干又瘦的老人乌六爷,乌六爷正眯缝着一双小眼打量着他。

雅间里燃着炭盆火,把料峭的春寒逼到屋外去了,空气变得热辣辣的。

钱钦其兀地有了一种屈辱感,这乌六爷不过是一家杂货铺的伙计,他怎么够资格上这种高档的澡堂子来?何况,平日躬腰驼背,走起路来摇摇晃晃,一副病病歪歪的样子。钱钦其鼻子"哼"了一声,正欲别过脸去,乌六爷说话了:"钱掌柜,幸会,幸会!"

钱钦其只好打起精神,应付道:"乌六爷,原来是你啊,难得,难得!这一块大洋一次的澡,你真舍得。"

"我哪里舍得这个钱,有人请我洗洗而已。"

说毕，乌六爷坐起身子，上身也没披个衣衫，两边的肋骨隔着一层皮鼓凸出来，一副穷相！钱钦其也坐了起来，他觉得调侃这个乌六爷，也是一种乐趣，反正夜来无事，外面又下起了大雨。

堂倌进来了，问有什么要吩咐的。

乌六爷说："来一壶龙井茶，我做东请钱掌柜品茶聊天。"

居然又让乌六爷抢了风头，难道我钱钦其少了这几个钱？

乌六爷说："之所以我做东，是因为你是湘潭城里的大人物，我们难得有招呼你的机会。"

钱钦其呵呵地笑了。他觉得这个干瘦的乌六爷很知趣，讲起话来让人舒服。

一壶龙井，两只细瓷茶盅，由堂倌送进来，并殷勤地斟上了茶。

乌六爷问："多少钱？"

"二十个铜子。"

乌六爷遂从放在旁边的衣褂里掏出一把铜子放在卧榻上，然后，用两个手指夹起两个铜子，轻轻一扭，铜钱便成半圆筒状。

"两个，四个，六个……"

二十个铜子，成了十个半圆筒。

钱钦其一惊，这指力可了不得。

堂倌说："这……六爷，柜上不好收这样的钱啊。"

乌六爷一笑，拿起铜钱放在掌心，轻轻一压，便恢复原状。

堂倌说："谢六爷啦。"拿起钱便走了。

钱钦其呆望着乌六爷的手指肚，状如盘珠，这功夫不是一年两年练得出来的。

"钱掌柜，来，喝茶。"

"好，喝茶。"

"钱掌柜，有一事请教，你的当铺怎么一连几天都关着门？"

"正在盘底哩，过两天就开门了。"

"你钱掌柜当家已经二十多年了，好像从没有关门盘底的事啊。假若这几天有到期的当票要赎当，过了这几天，不是成'死当'了吗？成了'死当'，就赎不出了。好主意，钱掌柜生财有道！"

钱钦其脸红了，说："没有的事，没有的事。"

乌六爷说："我听我的掌柜说，三个月前他到贵铺当了一只祖传的盘龙镂空玉雕，这东西我见过，是汉代的东西，价值上万光洋，当的时候你只给了一千元。当期为三个月，这两天就要到期了，可你的当铺却关门盘底，这不是活活的要夺人宝物吗？他一个读书人，也是百般无奈，才开了这家小杂货店，本小利微，糊口而已。"

说毕，乌六爷随手抓起一个铜钱，甩过去，把一只飞蛾钉在对面的墙上，铜钱嵌进墙中有半寸来深。"这飞蛾真是讨厌。"

钱钦其脸都白了。

乌六爷随手抓起一个铜钱，甩过去，把一只飞蛾钉在对面的墙上，铜钱嵌进墙中有半寸来深。『这飞蛾真是讨厌。』

又喝了一阵茶，钱钦其说："六爷，赏个脸，我请你到街端头的王家酒楼喝酒，如何？"

"愿意奉陪。"

"我有洋车在门外等，你穿着布鞋，路上到处是水，如何去？"

"你先去，我随后就来。"

当钱钦其坐洋车到达王家酒楼时，乌六爷早已端坐在八仙桌边了，脚上的布鞋，无半点泥痕水迹。

钱钦其想：他是怎么来的？

钱钦其喊道："上上等好酒菜来！"又讨好地说："六爷，明日当铺一早开门。"

唐琴

在上个世纪三十年代，古城湘潭有一个为数不小的琴人群体。何谓琴人呢？即是家有古琴且能弹奏古琴的人。

而古琴，最少要是清代以前的玩意儿，因上有七条弦，又叫"七弦琴"。琴身为狭长形的音箱，长约三尺有余，琴头略宽于琴尾；面板为桐木、杉木，底板为梓木，当然也有使用楠木、紫檀之类名贵材质的；外侧有用金属、瓷、贝壳制成的圆星点十三个，名曰"琴徽"，也叫"徽位"；底板开出大小不同的出音孔，谓之"龙池""凤沼"。上年岁的古琴当然价值不菲，能操琴的人也多是有身份、有财力和有学养的人。

年过花甲的秋一江，就是古城闻名遐迩的琴人。他蓄着一把黑得放亮的长胡子，宽脸、高鼻、浓眉，体量高大，人誉之为"美髯公"。他是个大画家，人物、山水、花鸟俱能，画价每方尺达银元十块，谁若还价，他一口粗气把胡子吹得飞扬起来，喷出两个梆硬的字："送客！"

他喜欢弹古琴，也喜欢收藏古琴，林林总总，好几十张。最珍贵的，是唐代雷威所制的"天籁"琴，除了他和家人，别人没这个眼福一观。他常用这张琴弹奏古曲《高山流水》。可他就没有像高山流水结知音那样的机缘。他认为这世上，可堪入目的人少之又少。

城里有一家老字号"医琴坊"，老板年过五十，叫班师捷，矮而胖，脸肥、嘴阔。班家相传的手艺是修古琴，给琴看病、治病，不就是"医琴"么。能命出这种店名的人，不俗，也无疑读过些书。班师捷看过、摸过、修过不少古琴，但家里却无经济实力去收藏古琴；也懂琴理、乐理，却没有闲工夫去操琴，因此，他不是琴人，只能称为"修琴匠"。

班师捷早听说了唐琴"天籁"，在名人手上历代传承，现在藏在了秋府。他真想看一看、摸一摸。可"天籁"似乎从不出毛病，没送来修过。其实，就算"天籁"要修，秋一江也会送到省城长沙去，他认为本地的修琴匠，没这个能耐！

终于班师捷忍耐不住了，小小心心去叩访秋府，虔诚地说明来意。

秋一江既不让客人落座，也不泡茶、递烟，仰天哈哈大笑后，问："你是开医琴坊的？"

"是。"

"好高雅的名字！可我这里无琴可医。"

"我只想看看'天籁'。"

"唐琴如稀世美人，能让你这个俗人看吗？送客！"

班师捷一张脸都气白了，这真是奇耻大辱，掉头便匆匆而去。

客人走了，秋一江在客厅里笑了好一阵，觉得心里很痛快。然后，走进了他命名和题匾的"琴巢"，这是他储琴和弹琴的房间，很宽大，很明亮。墙上挂着一排排古琴，房中央摆着黄花梨木的清代琴案和圈椅，琴案一端搁着一只明代的铜香炉。

他点燃一支檀香，插在香炉里，再从一个大书柜里取出一个楠木琴匣。他打开琴匣，小心地搬出"天籁"琴，放到琴案上。然后坐下来，弹《高山流水》一曲。

琴声一响，所有房间里的声音都静寂了。他的夫人正在佛堂，刚才还在轻敲木鱼细声念经，忙停住木槌闭住嘴。厨房里的用人，洗菜不敢弄响水盆，切菜不敢惊动刀、砧。

这是秋府的规矩。

弹完了《高山流水》，秋一江走出"琴巢"，兴致勃勃地进了画室。

宣纸早铺好了，墨、色早备下了。他拎起一支大笔，略一思索，便急速地画起来。勾完了线，再敷色，画的是他自己，坐在庭院中的花树间，弹着"天籁"琴。画题是《斯人独寂寥》。

夫人不知怎么时候进了画室，站在画案边，忍不住轻轻地说："可怜、可惜、可叹。"

秋一江搁下笔，板着脸问："你说什么？"

夫人微微一笑，说："可怜你知音难觅，可惜你明理太少，可叹你矜狂忤人。"

"我做错了什么？你这样愤愤不平！"

"一江，刚才班师捷想看看'天籁'琴，何必粗言粗语以拒？有必要得罪人家吗？'老吾老以及人之老，幼吾幼以及人之幼。'人活世上，图的是一个'和'字。"

秋一江猛地拿起大笔，蘸饱了黑水，在刚画好的《斯人独寂寥》上，狠狠地胡涂乱抹，还要这画做什么，毁了！

夫人默默地走出了画室。

古城的一份小报上，忽然刊出署名"鉴伪"的文章，题目为：《秋一江的"天籁"琴应为赝品》。洋洋洒洒四千来字的文章说得有根有叶：唐代雷威所制的琴，底板多用楸梓，而楸梓之色是微紫黑，锯开可见。而这张"天籁"琴，底板显然是用的黄心梓，其木中心之色应该偏黄，这就不是唐人所讲究的格局……

秋一江很快就读到了这篇文章，气得在家里咆哮如雷，这不是羞辱他吗？

"我的祖上瞎眼了？买回了不是唐琴的唐琴！这个借名'鉴伪'的人，真是混账透顶！这口气，我怎么咽得下去！"

秋一江第一次屈尊给琴人们发了请帖，约定日期，在雨湖公园的"云霞阁"聚会，他要当众出示"天籁"古琴，并当场验证真伪，以正视听。

那是个初夏的上午，不少人——琴人和非琴人，都来到了古香古色的"云霞阁"。这是古城的盛事，谁不想一睹为快。

聘请来的一个木匠，当众把"天籁"琴剖开，然后撬开琴的底板，再横里锯开。的的确确，真真切切，楸梓的木色发黑泛紫，谁说它不是唐琴！

秋一江脸色一下子开朗了，捋了捋胡子，放声大笑。笑到高潮处，忽然戛然而止，脊背上立即沁出了冷汗。这唐琴就这么毁了？为了一篇胡猜乱说的文章，为了他家和自己高贵的面子，居然愚蠢到当众锯琴以作求证！

秋一江再看了看在场的人，独不见"医琴坊"的老板班师捷。这个人不是要看"天籁"琴吗？他应该是早知信息的，怎么没来？在这一刹那间，秋一江似乎明白了什么。

过了几天，秋一江携破琴去了长沙，找了好几家修琴店，口径何其一致，都说无力回天！

回到家里，秋一江惆怅了多日，埋怨了多日，愤怒了多日。

夫人说："不是有家'医琴坊'吗？也许这个班师捷有绝招可医。"

"找他，呸！"秋一江冲口而出，然后又放缓声调，"我……去……试试看。"

秋一江轻装简从，携琴去了"医琴坊"。

当时的情景怎样？彼此间说了些什么？没有人看见和听见。

但两个月后，唐琴"天籁"伤好复原，安安然然回到了秋府。

而且，秋一江和班师捷，此后成了来往频繁的朋友。

　　班师捷常在一天的劳作之余，趁夜色去访秋府。

　　"师捷老弟，请到'琴巢'品茶。"

　　"谢谢，一江兄。"

　　"品茶后，我给你弹《高山流水》，如何？"

　　"我就爱听这支曲子。"

紫
绡
帘

很久以来，高府的长子高琪就嗅到一种死亡的气息，弥漫在庭院、廊厅各处，使他疑窦丛生，并产生深重的恐惧。

他常在黄昏时，站在歇凉的晒台上，俯瞰层层叠压的褐黑的屋顶，觉得那些屋顶上深藏着许多不为人知的秘密，那些秘密郁积着血腥的厚重的颜色。他同时又为这些莫名其妙的想法而自责，父亲高老太爷年过八十，不是活得挺好的吗？高府上下也是一派祥和的气象，哪里有半点关于死亡的痕迹呢？但他的这种感觉始终无法用理性抹去。

高琪端着本月的账本以及一沓银票，穿过长廊到后院去。他每月的月底按例去向父亲禀告钱庄的情形。除此之外，父亲再不接见他和他的二弟三弟，六年了。

六年前，他的满弟高玖突然提出要去留洋，一去便再无消息。高老太爷不知是过于伤心还是过于淡漠，从此便不出后院的大门，只是每月分别接见高琪和他的弟弟高琛、高环。接见是在高老太爷的光线暗淡的卧室里，一年四季卧室中间都挂着一道紫绡帘，朦朦胧胧可见蓄着长髯的高老太爷坐在紫绡帘那边的一把太师椅上，旁边站着他年轻的姨太太凤珠，很袅娜的样子。帘幕两侧分立着两个威风凛凛的保镖，腰间别着短刀。

高琪和他的弟弟每次去晋见，总觉得寒气森森。隔着帘幕，他们看见父亲的面容很模糊，紫色使得房间充满诡异的气氛。高琪无数次地为那道紫绡帘而难过。他想倘若没有这道帘子，他可以看清父亲的白发添了多少，额头的皱纹可否加深？父亲也可以看看儿子们渐老的身姿。每次，他端着的账本和银票都由保镖接过，从帘子一侧呈给凤珠，凤珠再递给高老大爷。于是由凤珠问话，高琪一一作答。高琪不明白父亲为什么不说话，言语变得如此金贵。但他感觉到凤珠和父亲目光时有交接，很温柔很惬意。然后，他退出卧室，飞快地逃离后院。后院的门便关了。

六年来，高府由衰微之状逐渐地兴旺发达起来，这一点高琪和高琛、高环都觉得十分怪异。高老大爷突然变得睿智起来，发出了一道道指令，诸如变卖乡下的大多数田产和房产，在城中开起了钱庄和化工厂、绸厂，让他们兄弟三人分别管理。

高琪想：假若满弟高玖不留洋，父亲还会要办一个什么实业呢？他们四兄弟中，数满弟最聪明最有魄力。凤珠就多次赞扬过高玖，说他又英俊又干练，最讨女人喜欢的。

可惜，高玖走了。高老太爷因失去满儿子，突然变得衰老，变得怕死，后院的围墙加高，添了保镖，连会见儿子们都如此戒备森严。

　　只有凤珠越变越年轻，笑得非常俏丽，一身都是风情。

　　她比高老太爷整整小了四十五岁。

　　高琪站在后院的厚重的院门前。院门是漆黑的，上面的虎头铜环闪闪发亮，绝似一张巨大的黑脸上嵌着的两只大眼睛，使他不寒而栗。他知道院门后站着人，只要咳一声，便会轰然而开的。

　　高琪在闲暇时，或者到打靶场去玩枪，或者约高琛和高环到某座僻静处的酒楼聊天。

　　高琪一边喝酒，一边说："满弟怎么没一点消息呢？"

　　高琛、高环只是点头，说："是啊，是啊。"

　　高琪又说："爹好像很懂得经营，什么都瞒不过他，每月的账目他都要看。年纪这样大了，是我们的福气。"

　　"是啊，是啊。"

　　兄弟们酒足饭饱之后，便各回自己的家里去。他们都住在高家的大庭院里，只是自成格局。

　　高琪回到家里，觉得很悲哀。

　　他总是嗅到一种死亡的气息，浓浓地熏染着高府，使他很窒息很郁闷。

　　他使劲地咳了一声。

　　院门开了，两个家人谄笑着请安："大公子，请！"

随即院门又关了。

高琪嘴角叼着一丝冷笑。

上月的这一天，高琪来见高老太爷，远远地站在紫绡帘前，突然问道："爹，你想满弟吗？我们好想他。"

高琪隐隐见高老太爷的嘴角动了动，好像想说什么，站在旁边的凤珠，偷偷伸出一只穿红软缎鞋的小脚，碰了碰高老太爷的脚，然后说："你父亲常念叨着玖儿，怎么连个音讯都没有，他在海外一个人快活，忘了我们了。"凤珠伸出的那只脚，红红的如一瓣莲花，给高琪的印象极深。当然是一个很轻佻的印象。

高琪一步一步走向高老太爷的卧室。他的脚步比往常要从容得多。他知道有一个秘密即将露底，因而他的心跳得烈烈的。

他又站在紫绡帘前了。

"爹，儿子向您请安。"

凤珠说："大公子好。"

高琪说："爹越来越健旺，真是我们的福气。"

凤珠笑了："也是我的福气。"

一个保镖走过来，接过账本和银票，从帘幕一侧走进去，递给凤珠。

就在这一刻，高琪大喝一声："满弟别来无恙？"

话音未落，高琪从怀里掏出手枪。枪声响了。

紫绡帘立即撕开一个洞口，周围染着一圈烟痕，帘子惊恐地晃动。

太师椅上栽下了一个人。栽倒的那一个瞬间，他用手扯落了整把的长髯。

凤珠疯叫起来，面色苍白如纸。

高琪吼道："谁也不要动！我在外面已布置好了人，谁动谁死！都听我的安排！"

卧室里一时静若坟场。

三天后，高府开始向各处发丧：高老太爷不幸因病辞世。

凤珠抽抽噎噎传出话来："老太爷临终前嘱咐尽快入棺入土，他不想让任何人看他的遗体。"

高琪说："既是父亲的意思，就遵照他的话办。"

高琛和高环浑然不知地哭得死去活来。

所有的眷属都跟着哭号。

凤珠拍棺恸号，一双着白素鞋的小脚不停地跺着方砖地面。

高琪看着这双小脚,心头漫上一片暖意。但随即眉头一跳，默念道：爹，你九泉有知，就放心吧。高玖弑父而诱后母，这个孽障总算是除了！

"高老太爷"的丧事轰动了全城，那种排场无人可及。

高琪搬进了后院。原先的保镖出出进进都跟着他，一个个忠心耿耿。

三个月后，凤珠忽然将高氏三兄弟请到面前，说是她要随老太爷去，免得他在阴间太冷寂。接着便服毒自尽了。

高琪的儿子做了钱庄的大掌柜。

高琛、高环每月一次来向高琪禀告厂子运行的情形。高琪在大厅堂里查验账本和银票。

高府在城中风光依旧。

审
世

当年近五十但仍被人尊称为"傅少爷"的傅如山，在最后一张木板刻印的卖契上签下自己的大名时，他是名副其实的一无所有了。

不到十年工夫，城中一百多处房产，近四十家店铺，还有家中窖藏的几坛金银，以及乡下的千亩良田，就这么化为乌有了！他没有任何沮丧的表情，轻松地摊了摊手，然后很肆意地大笑起来。

赌桌上的其他几个人，那都是与他朝夕相守的挚友，一时间惊住了，这傅少爷是不是疯了？

他不能不疯！所有的家产都没有了，家在十年前就没有了——他有一个妻子，两个女儿，十年前他给了她们一大笔财产，由法院判定和和气气离了婚，此后只是一个人过日子。

一个人过日子的所有目的，就是尽快耗尽这一份太多的财富。但他一不讨小，二不嫖妓，三不吸毒。一个人，在古城湘潭，便依旧被人称作"傅少爷"，他喜欢"少爷"这种称呼。

傅如山笑毕，然后说："总算完了，完了，我也就心安了！"

他是真正的心安气平。他恨这一份家业，罪恶累累啊。祖上聚积这么多财富，一是靠贩卖鸦片，二是靠兴办妓院，三是靠广立当铺，这些生意不仅仅在湘潭做，两广两湖都有傅家的产业。

他自小受过良好的教育，私塾、新式的学堂都进过，能作诗、画画、下棋、唱戏，才气横溢。家里又由父母做主，娶了一个绝色的仕宦闺秀为妻。钱呢，那是十辈子也用不完的。

故许多人又称他为"傅三国"——富可敌国，文可华国，妻可倾国。但当他明白事理后，便有了一种深深的罪恶感，这些钱来得不干净！他三十九岁时，父母相继亡故，他成了傅家的主事人，办完丧事，便与妻女分了手，一门心思就是将这些产业耗尽。

自然是要做一些好事的，赈灾、办孤儿院、施药、施寒衣……更多的时候，是惊世骇俗的胡闹：春和景明，登上城中的高塔，将打成的薄金箔，随风散之，叫作"满城无处不飞金"；杨梅熟时，买来数百筐，捣成浆汁，倒入园林中的小溪，溪水殷红顺流而下经过三街六巷，市人争掬之品尝。

他如此的豪奢，身边便有了许多人千方百计地设套让他乱花钱：敦促他买假古玩，用的却是真古玩的价码；设下赌局，合起心思让他一个人输；毫无理由地在城中有名的酒楼铺设酒宴……傅如山并不糊涂，却装成一点也不觉察，他欣赏他们的做法，这些人于中谋利，一步一步自陷罪孽的深渊，那是自找！

他甚至嫌写房产、田地的卖契太麻烦，命人将木板刻印成书面卖契，例用文字全部印好，只空着房产、田地的地点、数字、价格，揣在怀中，随用随填，方便极了。

有谁又能想到他今日如此落魄？

王三说：“傅少爷，我给您退一处安身的房产吧。”

李九说：“我匀些钱给你……”

韩二说：“您到我那里去住吧。”

……

傅如山冷冷一笑：“不必！城中觉慧寺我捐过不少功德钱，那里清净，我自有佛门关照。诸位放心，我虽不名一文了，但一不向诸位借贷，不索要什么；二不向前妻纠缠，我们已无任何关系；三不麻烦任何亲友。只有一点，我待闷了，到各家走走，喝口茶，聊聊天，你们大概不会拒绝吧。”

说完，傅如山向在场的人拱拱手，轻轻一句：“造孽钱是拿不得的，拿了就没个安生的日子过了。”然后，昂起头，潇潇洒洒地走出赌场，径直朝觉慧寺而去。

所有的人呆若木鸡。

傅如山成了一个带发修行的居士，吃、住都在寺里。隔三岔五，他会去叩访过去与他日夜厮守的旧友，一般都在晚上，不叨扰人家的饭菜，只需一杯清茶。

"王三，那回你带我去买古玩，那个宣德炉开价五千大洋，其实是假的，也就值个一二十元，你得了多少好处，我心里明白。"

"李九，我那个庭院，在兰布街雨湖边的，哪里只值三千元？"

"韩二，你那骰子是灌了铅的，有一晚你净赢八千，好手段！"

傅如山的每一次造访，都心平气和，但都使对方心惊胆战，脸色发白。

傅如山充满着一种审世的快感和悲天悯人，这使许多人产生了由衷的恐惧和愤懑。他每次只讲一件事，讲完了就飘然而去。

这十年来，他有多少事记在心里，这不是不让人活了吗？傅如山真成了阎罗殿的恶煞了。

有一天早晨，人们发现傅如山死在通向觉慧寺的路上，是被人勒死的。

是谁夜里下的毒手呢？不知道。

砒霜

在古城，于济之是个有名的中医。他出名很早，大概二十岁出头就名气很大了。

他家世代为医，于济之七岁就在父亲的督教下，开始识别药草，研习汤头歌诀。到十二三岁就随着父亲一起去出诊，先由他望、闻、问、切，父亲再复诊一遍，然后边开处方边对他讲解用药的奥妙。晚上在灯光下，父亲再让他把白日所见识的病状、所下的处方，通过回忆一一记录下来，他往往可以记录得丝毫不差。

苦学苦练，寒暑不断，于济之十八岁就单独出诊了。父亲年纪也大了，在家看门诊，免去奔波之劳。

使于济之名声大振的是他治好了一个稀奇的病例，而且处方中用了四钱砒霜。

砒霜可是毒药啊，于济之却用了，分量又如此重！

患者是乡下的一个农民，腆着很大很大的肚子到了于家。

那时于济之的父亲已经去世了，于济之正在庭院里浇花，一盆盆的兰草长得挺秀丽。他放下水壶，把一身风尘的农民让到客厅里，泡茶、递烟，然后闲聊。再切脉、寸、关、节，细细揣摩，说："你回家好好养息一个月再来，吃点好东西。"农民满脸凄惶，掉下一泡泪来。

于济之明白了他的苦处，便送了他几块光洋。"放心，这病我可以诊的。"于济之送出门时，又安慰说。

一个月后，那个农民又来了。于济之让他住在家里，静观了几天，然后下了一处方，内有四钱砒霜！他亲自去药店买药，亲自下厨熬药，看着病人把药喝下去。一个时辰后，病人肚腹剧痛，在地上翻滚，接着上吐下泻，吐的是淤血，泻的是一种红头小虫，弄得满屋狼藉。

于济之和妻子安置好昏迷过去的病人，再清扫脏物。病人醒过来时，轻松多了，再灌下第二道药汤，又上吐下泻，病人再度昏迷。

于济之切了切脉，说："成了！"

病人的大肚子凹了下去，又在于家养息几日，欢天喜地回家去了。

从此于济之有了一个雅号：于砒霜。这绝无贬义，而是表示同行对他下的这味药的钦佩。古代诗人词人因有某句诗词写得好而得雅号的例子是很多的，如写愁苦而用了"梅子黄时雨"的"贺梅子"以及因写"影"而得名的"张三影"等。

于济之活人多矣。

新中国成立后，古城有了中医院，于济之虽是党外人士，因医术高，医德好，便当了副院长。党支部书记兼院长是一个转业干部，叫伍大胜。伍大胜在部队当过卫生员，工作勤勤恳恳，只是作风有些简单。他对中医持怀疑态度，觉得没有西医科学，他有病就去看西医，但他口里从不流露出来。

"大鸣大放"的时候，伍大胜奉命召开座谈会，请大家给党提意见。于济之自然参加了，他从心底里认为共产党好，社会主义好，没有什么意见可提。其他人也是这么说。伍大胜显得有些焦躁，他这些日子一直带病工作，脸色很不好。

于济之突然说："伍书记，你有大病，别不相信中医！"

伍大胜一张脸涨得通红，说："你的意思是共产党不懂中医？"说完，一扬手走了。

不久，于济之成了"右派"。

伍大胜真的病了，西医看了不少，总不见起色，瘦得只剩下一副骨架子。

于济之找上门去，说："伍书记，让我试试。"

伍大胜沉默不语，伍妻却说："于大夫，你下处方吧！你是个好人。"

几剂药后，伍大胜的病情大有好转。

伍大胜说："于大夫，我好糊涂。"

于济之连忙摇摇手："别说了，别说了。"

　　于济之虽当了"右派",但没有撤去他的副院长职务,这与伍大胜的奔走有关。伍大胜向上级反复说明于济之认识态度好,知错就改,医德、医术都佳,留任可以体现党的团结政策。

　　在以后的日子里,于济之和伍大胜成了很默契的朋友,虽说表面平平常常的,但彼此在心里都很敬重对方。伍大胜在业余开始钻研中医理论,在两人单独相处时,虚心地请于济之释疑解惑。这种情形似乎为上级所觉察,伍大胜居然再没有提拔,"困"在中医院了,但他不后悔。他觉得和于济之共事,学到不少东西,于心足矣。

　　到了"文化大革命",于济之和伍大胜都成了"走资派",但于济之还多一份"殊荣"——反动学术权威。白天参加劳动,夜晚接受批判,于济之心情很坏。他想不通的是那个"于砒霜"的雅号,成了要毒死无产阶级的公开宣战,因此身上落下许多伤痕。

　　于济之病了。

　　他给自己开了处方,内有一味药:砒霜,而且是四钱!

　　他对伍大胜说:"我内毒攻心,必以毒攻毒,麻烦你去药柜配药来。"

　　伍大胜一看处方就明白是怎么一回事,他说:"我去配药。"

　　他悄悄告诉司药员,将砒霜换成滑石粉,用纱布扎好,结了个死结(凡粉状药物,熬煮前必用纱布扎成一团),放在其他药中间。然后拎着一纸包中药来到于家。

这是个阴雨绵绵的日子。

于济之让妻子去熬药，熬好了药，迫不及待地喝下去。

伍大胜一直坐在客厅里，跟于济之有一搭没一搭地说着话。

一个时辰过去了，于济之没有任何感觉，只是出了一身大汗，他疑惑地看着伍大胜。

伍大胜走过来，说："于老，砒霜我换成滑石粉了。你好糊涂，怎么想走绝路！这日子长不了，好多人都等着你看病呢，你这么好的医术带到土里去？"

于济之大哭起来。

哭罢，精精神神地活了下来。

"文革"后的第一件事，于济之与伍大胜商议，在中医院办了一个中医理论研讨班，每晚七时至十时，由于济之和院里的老中医讲课，学员来自城中各处。

第一堂课，于济之讲的是"关于砒霜在处方中的运用原理"。

坐在第一排的有伍大胜，戴着老花镜，认真地做着笔记。

赎
票

　　达兴典当行的达子贵达老板，黄昏时分躺在一张凉椅上，闭着眼睛养神。竹凉椅置放在小院落的葡萄架下，风凉凉地从枝叶间穿过来，像一汪汪的清水泼到身上，很舒坦很惬意。

　　三伏天，到处像着了火，可这小院子却阴阴地可人。他的达兴典当行开在城里最热闹的街上，生意一直很不错。他每天不过到柜台边去遛个弯，看一看，不要操什么心，有头柜、二柜、伙计一拨子人管着。他只操心一件事，每天进出多少钱，赚了的钱他一个人或存或藏，决不让谁插手，连十几岁的儿子也不例外。

　　家里一月开支多少，月初他便一次交给管家，谁也别想浑水摸鱼。他人缘好，脸上满是笑，也很自洁，不抽、不赌、不嫖，就爱听听京戏。青黄不接的时候，他会叫人在典当行门口搭起席棚，早晚两次发放粥饭接济灾民。

　　夫人打发女佣来问："是不是可以用餐了？"

他说：“小两口下乡看他岳丈，回来了吗？”

“没有。”

“也该回来了呀。才二十里地，是雇的马车去的。”

“夫人说，是不是被亲家留住了，明天回。”

“年年都是这规矩，当天打回转，再等等。”

到天完全黑下来时，院门被咚咚擂响，达子贵从凉椅上坐起来，说：“快去开门。”

来的是马车行的马车夫，一个挺结实的青皮后生。

就他一个人。

他结结巴巴地说：“马车往回赶时，遇了强人，把小两口绑走了。”

这时，夫人和一家子人都围了上来，夫人说：“快拿钱赎人！”

达子贵站起来，平静地说：“刚绑走了人，还不知是谁干的，你让我到哪里去赎？别慌，我自有办法。”

夫人哭着回房去了。

达子贵吃过晚饭，说：“备黄包车，我听戏去，今晚有《失空斩》！”

三天后，达子贵接到一封信，他看了一下，划根火柴，烧了。又过三天，达子贵再次收到一封信，他看了看，又烧了。

夫人听说了，找达子贵吵：“你把信烧了，你不想赎人是不是？钱是你的命！”达子贵喝道：“他们第一封信要二十万，第二封信要十五万，我不理他们。你越还价，他越不肯落价。他们是强盗，你懂不懂？"

夫人含着泪，说："你懂。反正儿子儿媳出了意外，我跟你拼命。"

达子贵说："头发长，见识短！"

十天后的午后，一个陌生人走进了院子。达子贵躺在葡萄架下的凉椅上，陌生人一进院门他就看见了，他知道来者是谁。

那人一直走到他面前来。达子贵闭着眼睛，招呼也不打。

"达老板，你的两个孩子是我们绑走的，你看怎么了结？"

达子贵睁开眼，坐起来，说："你不就是要钱吗？可你们要得太多了，我拿不出来，只好拿命去挡了。"

"达老板，穷哥们缺钱用。孩子挺好，汗毛也不会掉一根。"

"我谢你了。我给二万，多了没有，怎么样？"

陌生人犹豫了一下，知道达子贵说一不二，就随口答应了。临走定下时间、地点和接头暗号。

到了约定的日期，时下半晚，在城外的一片小树林里。

达子贵揣着二万元银票，也没告诉夫人，只悄悄地告诉了老管家，一个人去了。

远远地见了几个人影。

达子贵说："老大，我来了。"

对方答："青山不改水长流。"

达子贵从怀里拿出银票，放在一块空地上，用三块石头成品字状地压着。

接着，儿子和儿媳踉踉跄跄往这边跑。

有人拾起银票，划根火柴看看，然后说："达老板，慢走一步。你的孩子我们放了。你跟我们走一趟，有点事商量。"

达子贵说："可以。"又对儿子儿媳说："你们回去。别跟你娘说什么，只说我和这几个朋友走一趟，很快回来。"儿子儿媳慌忙走了。

达子贵被蒙上眼睛，扶到一驾马车上坐下。车轮子飞快地转，一颠一颠的。

天亮时，达子贵被带进一座山中的破庙里。眼罩摘去了。他看见神案前坐着一个黑大汉，两旁站着十几个汉子。站在黑大汉后面的那个人，达子贵认识，是那次来小院的人。

黑大汉说："达老板，这几个钱不够花，你还得给一点。你给家里写封信吧。"

站在黑大汉后面的人说："大哥，这不好吧。"

"老二，你不要多言。达老板不少这几个钱。"

老二的脸板起来。

达子贵说："各位兄弟，各行有各行的规矩，凡事总得讲个义道。你们绑了票，我用钱赎票，一个人来，光明正大；钱数是双方定的，怎么又说少了？恕我直言，你们是自己断自己的活路，往后你们绑了票，谁敢来赎？"

黑大汉一拍神案，骂道："你写不写信？别给脸不要脸！"

达子贵笑了笑："我写信没用的，钱由我管着，他们拿不到；钱庄里虽存了钱，要我本人盖的印鉴才取得出，你们早摸了底的。"

黑大汉吼道："把这张票撕了！奶奶的，我不信这个邪……"

黑大汉还要说什么，说不出了，他发现站在后面的老二用一把短刀卡在自己脖子上，雪白的刀光耀眼。

"老二，你想造反，弟兄们……"

旁边的人刚想动手，老二使劲把刀子一带，一股子血迸出来，冲得老高。

老二说："谁敢动手！老大坏了江湖上的规矩，天理不容，如不杀他，恐江湖上笑话我们。"

其他人似被震慑住，大气也不敢出。

老二一拱手，说："达老板，对不起，受惊了。今日事，请莫外传，弟兄们还要吃口饭。"

达子贵说："请放心。"

老二又说："达老板，我送你回家。"

说完，让达子贵走前，自己断后，走出了庙门。再找来马车，载着达子贵，一鞭挥去，马车飞快地跑起来。

看看离城近了，达子贵说："兄弟，我有句话不知当讲不当讲？"

"请说。"

"看那伙人都不是省油的灯，你回去后，凶多吉少。"

"嗯。我是半路入伙的，因为读过几天书，所以排为老二。其余的多是老大的拜把兄弟。"

"那还回去干什么？你若同意，我送你一笔钱，远走高飞，另谋一个前程，别再在江湖混了，江湖风险四伏啊。"

"达老板，谢您了。"

到家后，达子贵设宴款待老二，临别又赠送了一大笔钱。

老二揣上钱，说："达老板，我走了。"

老二走了后，达子贵才想起没问他的名和姓，只知道他叫"老二"。想想，又自问：为什么要知道他的名和姓呢，萍水相逢，世事茫茫，有什么必要非得寻根问底不可呢。

二十年过去了。

达子贵满了七十，因偶感风寒，一病不起，静静地辞别了这个世界。

灵堂里挂满了挽联、挽幛，来吊丧的人川流不息。

出殡的前一夜，灵堂里突然来了个四十多岁的中年人，先在签名簿上签上"老二"两个字，再递上一个大白信封，那是一份丧仪。管事的抽出里面的一张银票，竟是二万五千元！

这时达子贵的儿子、儿媳都在内间休息。管事的问："您是……"

"我是达老板的朋友。不必惊动他们。待我去叩个头。"

他在灵案前，对着达子贵的遗像叩了个头，然后，飘然而去。

　　达子贵的儿子闻讯奔出，早已不见人影。

　　他看着签名簿上的"老二"两个字，茫然地说："老二是谁呢？"

酒龙

一九四四年六月十五日上午十一时，率部驻守在古城湘潭小东门的第五团团长龙子雄突然接到沈翼云师长的电话，让他速去师部。

这天上午的阳光特别明亮，龙子雄从文昌阁里的团部走出来时，微微眯了眯眼睛，并在腮胡上使劲抹了一把，仿佛要抹掉沾在上面的很稠的阳光。他高喊一声："勤务兵，备马！"

昨天才开的军务会议，沈师长怎么又找他去呢？长沙已被日军攻陷，敌焰已逼湘潭城下，大仗、小仗已经打了不少了，他们团所驻守的小东门岿然不动，如铁打钢铸一般，但伤亡很大。他隐隐觉得这城是迟早会被攻破的，援军缓缓不到，师长已宣布全体将士要与古城共存亡，大丈夫为国捐躯，死又何惜！

龙子雄已经三十岁了，无家无业，一点牵挂也没有。这辈子不嫖不赌，唯一的癖好就是喝酒，酒量又好得惊人，一斤白酒可以一口气灌下去，因此，他得了个外号：酒龙。他喜欢这个外号，古人说，酒能欺雪意，增豪气，凡是英雄好汉没有不好酒的。比如说师长沈翼云，他就很佩服，人家是黄埔八期学生，没有什么后台，就靠在战火中出出入入，提着脑袋拼命，才得了这个官的，而且酒量大，一杯一杯，面无怯色。想到酒，龙子雄喉咙痒痒的了，多少日子他就没抿过一口酒，因为师长下了道军令，严禁喝酒，以免贻误战机，凡饮酒者，斩！

年轻的勤务兵，将一匹墨黑如炭的战马牵过来，龙子雄飞身上马，说："卫兵都留下，我快去快回。"说毕，双腿一夹马肚，马便如一个黑色的浪头，飞奔而去。

师部设在古城中心的平政街关圣殿内，那是一座很恢宏的庙宇，离小东门不过十里之遥。龙子雄的马一进入城区，便放慢了速度，他觉得不必搅得街市惊慌失措。在马上，龙子雄又想起了他和沈师长的"斗酒"，真是太有意思了。

一九四二年元月，长沙第二次大会战，中国军队与日军进行一场浴血拼搏，那一番惊天动地，至今仍在龙子雄心胸激荡。那时，他在另一个师的七团三营当营长。团长是吴师长的堂弟，大捷后，上级发放赏银，团长扣发了大部分落入私囊，每个士兵仅得三块光洋。在发放赏银的会上，龙子雄在灌过一瓶白酒后，冲上去把团长揍了一顿，有卫兵想上前干预，他掏出双枪，吼道："谁上来，我就打死谁！"然后，掏出口袋中的几块光洋，猛地掷向空中，双枪迎射，一弹一个，一片叮当的响声，士兵们欢呼起来。吴师长听说后大怒，下令将其枪毙。

那时，沈翼云师与他们师相邻而驻。

龙子雄喝酒在本师是没有对手的。沈翼云善饮的传闻他倒听了不少，可惜一直无缘在一起"斗酒"。

当吴师长当着所有军官的面，对龙子雄说："我念你跟随我多年，屡立战功，但今日触犯军法，死罪难免，你有什么要求只管提。"

龙子雄五花大绑，却面不改色，说："我死无别求，只是听说沈师长酒量惊人，我心不服，想和他比个高下，请成全。"

所有的人都忍不住笑起来：人都要死了，还要"斗酒"。

吴师长有些为难，但随即说："我会去和沈师长商量。假如，他不愿与你'斗酒'呢？"

"一个要死去的人，想他不致如此冷淡。"

想不到，沈师长一口就应允了。

沈师长说："龙营长，我也早闻你的酒名，今日更是佩服，死都不惜，却如此爱惜酒名，乃英雄气概，这顿酒由我做东，专喝茅台，地点选在长沙城的天心阁，如何？"

龙子雄说："好。"

在天心阁的一个亭子里，略备几样下酒菜（因为只是佐酒），却在桌上一字排开六瓶茅台酒，又选出两个斟酒的副官，两个公裁人，以及许多证人，吴师长和团一级长官皆在。

沈师长和龙子雄面前，各放一个可盛半斤酒的小海碗。

"沈师长，我们先喝三碗，如何？"

"好！"

咕噜、咕噜、咕噜……

三碗酒下了肚，二人都面不改色。

饮到第五碗时，沈师长身子开始晃了，趔趔趄趄站起来，说："龙营长，我输了。酒力不胜，甘拜下风。"

龙子雄也站起来，将第六碗酒一口倒进嘴里，哈哈大笑，说："我已经无憾事了，请送我上路。"

沈师长离开桌子，走到吴师长面前，深鞠一躬，说："念我们是黄埔同窗，请给我一个面子，龙营长犯上，理当严惩。念国难当头，将才难求，免去死罪，让他戴罪杀敌。我平生以无相敌酒友为憾事，请割爱调入我师遣用。令弟之医药费用由我补偿，明日我在酒楼设宴，宴请师长、令弟及贵师长官，让龙营长赔礼致歉，如何？"

吴师长犹豫了一下，到底却不过情面，一口应允了。

以后呢，龙子雄在沈师长手下，和日军打过几次大仗，身先士卒，人死出生，遂被提升为团长。闲暇时，沈师长总邀龙子雄同饮，杯对杯，碗对碗，从没有分出过高下。龙子雄便明白，天心阁"斗酒"，沈师长是谦让了，以便在一种"醉态"中说出那番话来，酒中戏言，令吴师长不好拒绝，于是，对沈师长的敬佩又增了几分。

龙子雄在关圣殿门口跳下马，把缰绳递给前来迎接的勤务

龙子雄拿出最后一颗手榴弹，抓起那半瓶酒，跃上战壕。他一边仰脖喝着酒，一边举着冒烟的手榴弹，迎着日军走去……

兵，便急步走人大殿边的师长的会客室。

沈师长笑吟吟地把他拉入会客室后的一间休息室里，那里摆着一桌酒菜，茅台酒的瓶盖已打开，满室飘香。

"子雄，哦，酒龙，这么多日子没喝酒，渴坏了吧？"

龙子雄一愣，然后说："师长有命令，我一直不敢沾酒。"

"我知道。来，坐下。我只喝茶，你可以喝酒。我下的命令，我当自律，但我特许你喝一顿酒。也许，我们……以后没有机会在一起喝酒了。"

龙子雄说："师长，我知道你很难，外无援兵，内缺粮草弹药，好在老百姓先疏散走了。你放心，我会守住小东门的，直到还有一口气。"

"谢谢。"

龙子雄提过酒瓶，放在鼻子边嗅了又嗅，说："真是好酒。"然后，把盖子塞紧，又说："师长，我现在不能喝，军令如山，我不能违反，谢谢你的厚爱。但请把这瓶酒送给我，等守住了城，我们再一起喝。"

沈师长说："好！一言为定。"

龙子雄站起来，立正，敬礼，然后抱起酒瓶，走了。

一九四四年六月十七日凌晨，日军对古城湘潭开始了疯狂的攻击，到处是枪炮声、厮杀声，到处是血肉模糊的尸体。

在小东门的战壕里，龙子雄头部、臂部多处负伤，一身是血，他的脚边却搁着一瓶茅台酒。士兵们看见他在战斗的间隙里，打开瓶盖，嗅一阵，再塞上盖子，一口酒也没有喝。

上午八时，师部来电话，说，沈师长亲临城西石子墩战地督阵，敌开炮轰炸，犹从容沉着，不肯躲避，不幸阵亡！

龙子雄听罢，一甩电话，呜呜地哭了。

哭罢，打开瓶盖，将半瓶酒洒在战壕里祭奠沈师长，边洒边说："沈师长，沈师长，今生今世我们再不能在一起喝酒了……"

他把剩下的半瓶酒放在脚边，然后，操起一挺机枪疯狂地向进攻的日寇射击，只打得枪管发烫生烟。

子弹没有了，士兵几乎全部阵亡。

日寇唔呀唔呀地嚷着，端着雪亮的刺刀冲上来。

龙子雄拿出最后一颗手榴弹，抓起那半瓶酒，跃上战壕。他一边仰脖喝着酒，一边举着冒烟的手榴弹，迎着日军走去……

后来，一个负重伤的士兵死里逃生，叙述了他最后目击的那悲壮的一幕。但他在叙述中，反复强调的一句是：嗨，那个白瓷酒瓶，在太阳下放出一种刺目的光亮，我都闻到了一股很浓的酒香，酒龙名不虚传。

面
人
雷

　　古城湘潭的火车站设在郊外，是早几年新建的，很大很气派。特别是候车大楼前面的那个广场，一个篷摊连一个篷摊，卖水果，卖日用百货，卖旅游纪念品，卖小吃，卖书报，吆喝声此起彼伏。篷摊是公家统一做的，不锈钢支架，五颜六色的塑料平瓦，然后出租给摊主。还有一些临时地摊，每天只收两元钱卫生费，摊主大多是一些走江湖的人，快速刻图章、练武卖膏药、唱地花鼓、剪像……这类人流动性大，短的三五天，也有长年在此的，比如"面人雷"。

　　面人雷，当然姓雷，但叫什么名字，谁也不清楚。他是吃捏面人这碗饭的，北地口音，六十来岁的样子，骨格清奇，黄面短须，双眼特别锐亮，像鹰眼，有点冷。他在这个广场捏面人差不多有一年了，住得离这里也不远，租了间农家单独的土砖屋——以前是放农具和杂物的。

　　捏面人，在清代称之为"捏粉人""捏江米人"，因为所用的原料是江米面,掺入防腐防虫的药剂,蒸熟后分别拌上红、绿、黄、黑等颜色,然后用湿布包好,以便使用时不致干燥。捏面人除用手之外,还借助一些特别的工具:小竹片、小剪刀、细铁签。捏面人分为两种,一是专捏那些《三国演义》《水浒传》《西游记》中的人物,捏好了摆着等顾客来买;一种是对着活人捏像,捏谁像谁。后一种是顶尖的绝技,面人雷操此技久矣。

只要不下雨不落雪,面人雷就会准时出来设摊。他的行头很简单:一个可收可放的小支架,上面挂着一个纸板,正中写着"面人雷"三个大字,两边各写一行小字:"为真人捏像""继绝技传家"。再就是一个小木箱,里面放着捏面人的原料和工具。他捏面人很快,顾客站个十来分钟就行了,称得上是"立等可取"。顾客满意了,给十块钱;觉得不像,他不取分文,而且立刻毁掉,再不重捏——这样的情景似乎从没出现过。他捏面人,先是几个手指翻飞,霎时便成型,再用小竹片、小剪刀和细铁签修一修,无不形神毕肖。

世人能欣赏这玩意儿的,并不多。闲空时,面人雷会安静地坐下来,手里拿着面粉,两只眼睛左瞄右瞅,专捏那些有特点的人物。真正有特点的人物是那些"老江湖",算命测字的"半仙",耍解卖艺的赤膊汉子,硬讨善要的乞丐,打锣耍猴的艺人……当然,他也捏另一种人:在广场游荡乘机作案的小偷,江湖上称这类人为"青插";专弄"碰瓷"的骗家,手里拎着瓶假名酒,寻机让人碰落摔碎,然后"索赔";还有那些做"白粉"生意的，避着人鬼头鬼脑地进行交易……捏好了，悄然放入木箱，秘不示人。

这么大的广场，这么大的人流量，各类案子总是会发生的。

负责车站治安的铁路警察，常会秘密地把面人雷找去，请他帮忙破案。

面人雷会把那些涉案疑犯的面人拿出来，冷冷地说："你们只管抓就是，错不了。"

他们知道面人雷是靠这门手艺吃饭的，便要按人头给钱。面人雷说："这算我的义务，免了！只是……请你们保密，给我留碗饭吃。"

小偷抓了，"碰瓷"的抓了，贩"白粉"的也抓了。那些面人捏得太像了，一抓一个准。

这是个秋天的深夜，无星无月，风飒飒地刮着。

面人雷睡得正香，门闩被拨开了。屋里突然亮起灯，被子被猛地掀开，三条大汉把面人雷揪了起来。

面人雷立刻明白是怎么一回事了。他很镇静，说："下排琴，总得让我穿上挂洒、登空子，戴上顶笼，摆丢子冷人哩。"

面人雷说的是"春点"，也就是江湖上的隐语，翻译过来为："兄弟，总得让我穿上衣服、裤子，戴上帽子，风冷人哩。"

其中一个年纪较大的汉子，脸上有颗肉痣，说："上排琴（老哥），是你把我们出卖给了冷子点（官家），你应该懂规矩，今晚得用青于（刀）做了你！"

对方掺杂着说"春点"，气氛也就有些缓和。面人雷笑了笑，也不绕弯子了："兄弟，你们误会了，谁使的绊子呢？"

"老哥，没有不透风的墙，你老老实实跟我们出门走一趟。"

"我这一把年纪了，死也不足惜。兄弟，我捏了一辈子的面人，让我最后为自己捏一个吧，给老家的儿孙留个念想。不过一会儿工夫，误不了你们的事。也不必担心一个年老力衰的人，还能把你们怎么样。"

他们同意了。

面人雷打量了他们几眼，说："谢谢。"然后便拿出一大团面粉和工具，坐在桌前，对着一个有支架的小镜子捏起来。

三个人坐到一边去，抽着烟，小声地说着话。他们知道这个老江湖懂规矩，因此他们也做到仁至义尽。

面人雷很快就捏好了，是他的一个立像，有三寸来高，右手拿着小竹片，左手握拳。然后在底座边刻上一行字："手中有乾坤。面人雷自捏像。"

那三个人拿着面人轮流看了看，随手摆在桌子上。

面人雷说："兄弟，我随你们去走一趟，也算我们缘分不浅。"

夜很深也很暗，一行人急速远去。

两天后，在二十里外的一条深渠里，发现了面人雷的尸体，脖子上有深深的刀痕。

人命关天，警察局的调查雷厉风行地开展起来，很快就知道了死者是面人雷，很快就找到了他的住处。在现场勘查时，床铺垫被下找到了一叠汇款存根和几封家信，还有桌子上那个栩栩如生的面人。现在要寻找的是杀人凶犯，但几乎没有什么线索。

警察局刑侦队队长，是个年轻人，业余喜欢搞雕塑。他把面人雷的自捏像放在办公桌上，关起门看了整整一天。他发现那支形如利刀的小竹片，尖端正对着那只握着的拳头，而那拳头从比例上看略显硕大，似乎握着什么东西。"手中有乾坤"这几个字，也应是一种暗示。他小心地掰开了那个拳头，在掌心里出现了几个极小的面人！在放大镜下一看，眉眼无不清晰，那个脸上有颗肉痣的汉子，是个黑道上的头目，曾因诈骗坐过牢。面人雷在临死前，给这几个家伙捏了像，堪称大智大勇，不能不让人佩服！

这几个疑犯很快就被抓捕归案。

追认面人雷为烈士的报告也随即批复下来了。

追悼会开得非常隆重，正面墙上挂着面人雷的遗像——是那尊自捏面人的放大照片。

挽联是这样写的：

手中有乾坤，小技大道；
心中明善恶，虽死犹生。

釉下彩

　　华灯初上的时候，泰丰陶瓷厂的美术总监华一尊，匆匆地走出了家门。秋风飒飒，从这片家属宿舍区的西北角，飘来一阵阵的桂花香，清纯如醴，吸一口，给人一种醺醺然的感觉。

　　其实，厂长管茂荣不打电话来，华一尊也会在这个时候到厂里的画瓷车间去。几十年养成的习惯，即便是风霜雨雪，不去那里看一看、坐一坐，连觉都睡不安稳。到那里去做什么呢？无非是看一看下班时，从外车间运来的坯件，瓶、罐、尊、盆、缸……瓷泥是否淘洗得洁净，粉浆是否刷得均匀，器型是否做得规整，然后思忖明日怎么安排手下的美术师，在上面画什么画、写什么字，山水、人物、花鸟，篆、楷、隶、行、草，各人有各人的长处，一点也乱不得的。再仔细检查一下白天大家完成的瓷画作品，布局是否新颖，笔墨是否精纯，不合格的要毅然撤下来，市场可开不得玩笑。

　　湘中的江源市，在清雍正七年就有了瓷业的勃兴，到了光绪朝更是异彩纷呈，特别是首创了细瓷的"釉下彩"（在坯件上作画写字后，再上釉烧制）之后，名声竟与江西的景德镇比肩。眼下，国营的、私营的陶瓷厂有了几百家，全是生产"釉下彩"的，出口、内销，都使出了浑身解数，企望占有更大的市场份额。

华一尊想：笪厂长打电话催他到画瓷车间去，难道是美术方面出了质量问题？

对于这个四十岁出头的厂长，华一尊是从心底里佩服的：矮矮瘦瘦，貌不出奇，但有魄力，也有眼力，能说会道，精明能干，像一把锥子，时刻在寻找市场小小的缝隙。再过一个月，省外贸办指定的一家专做出口业务的大公司，要在江源市组织大批量的"釉下彩"工艺瓷远销欧洲，程序是先选好几家厂子，然后将样品在省城展览，听取各方面的意见，最终敲定一家厂子独揽此活，这可是一笔大买卖啊。

华一尊对这个国营大厂的水平还是有信心的，美术这一块也绝不会出差错。他本人不但是拿国务院津贴的高级工艺美术师，而且是本省著名的画家和书法家，作品曾多次获奖。手下呢，兵强马壮，没有一个是孬种！那么，笪厂长为何要在今晚"会见"他呢？难道是为了下午省外贸主任侯正访问画瓷车间的事？

就这样一路走一路想，华一尊很快就进了厂区，路过一个一个的车间，再来到画瓷车间的门口。门是虚掩的，窗帘是落下的，灯光隐隐地从淡绿色的窗帘后透出来，像一汪汪青翠的湖水。华一尊估计，笪厂长已经在里面了。

推开门，华一尊看见笪厂长，正焦急地在画案与画案之间踱着步，眉头紧锁，狠狠地吸着烟，头上飘着大团大团的烟雾。

"华老师，我都快急死了哩。"

"哈哈，你一急，说明厂子又有大业务可做了，是不是？"

笪厂长把华一尊拉到一个成品架前，指着两只小口、长身的梅瓶说："我急的是这个？"

"这不是侯主任下午画的吗？你陪着他来，让我这快六十岁的老画家当书童，为他调研颜料，为他准备坯件，为他暗示如何运笔，亏死我了。"

笪厂长忙给华一尊递上香烟，又殷勤地为他点着火，显得很尴尬。

"厂长，我知道你把这尊神请来很不容易，还不是为了这个厂？你还知道他平日在家喜欢画点梅花、习习字帖，便把他拉到这里来，怂恿他挥毫一试锋芒。老实说，他的梅花画得很差，字习板桥体，哪像'乱石铺阶'，而是全无章法！"

笪厂长频频点头，艰难地说："可他在决定哪个厂承担出口任务上，有一言九鼎的作用。他听说他画的梅瓶一夜就可以烧好，决定在宾馆等着哩，好明天带回长沙去。"

"这有何难？把这两个梅瓶，上好釉去烧制就是。"

"不能、不能……"笪厂长使劲地挥着手，压低声音说。

华一尊愣住了。

"华老师，梅瓶不能这么烧制！你知道，有一只是他赠给厂里的，将来我要摆到样品展览会上去，这个宣传太重要了；有一只他会放在自己的办公室作摆设，总得让看到的人说'好'吧，侯主任也就会时刻记着我们这个厂子。"

华一尊什么都明白了，说："你是让我重画两只，按侯正的布局、内容，落他的名款，还得让他看不出来。"说完，他长长地叹了一口气。

"正是，正是。"笪厂长高兴得跳了起来，随即去搬来两个梅花坯件，搁在一个画案上。

调好颜料、洗涮毛笔后，华一尊站在画案边，开始悬手在瓶子上画梅写字。灯光下，他一头斑白的头发，亮得扎眼。

笪厂长小心地坐在旁边，凝神静气地陪着、看着，竟忘记了吸烟。姜还是老的辣，华一尊真有好手段啊，只把侯正画的那两只梅瓶扫了几眼，就能把梅干、梅枝、梅花、题款的位置记得分毫不差，然后泼墨施丹笔走龙蛇地画了出来；字也写得好，"板桥体"参差错落，韵味深长，不由得连声叫起"好"来。

华一尊说："好吗？这是侯正的大作，与我何干？"

待到两只梅瓶画完，不过两小时而已。

笪厂长细细地审看落款："赠泰丰陶瓷厂，戊子秋侯正作""戊子秋侯正作于泰丰陶瓷厂"。然后，对华一尊说："侯主任画的两个梅瓶，我马上砸碎，而且会把碎片、粉末收拾干净，这事请勿对外人言。我让车间来人取走这两个新瓶，让他们上釉后，立即开小电窑烧制！"

华一尊淡然一笑，说："笪厂长，那我就告辞回家了。"

"华老师，您走好。"

走出车间不到十米，华一尊就听见了沉重的砸瓶声……

琥珀手链

　　年近半百的湘楚大学考古系教授柏寒冰，业余爱好除了看书、著述之外，最喜欢做的事，就是抽闲去叩访城南的古玩街。一个店铺一个店铺地看过去，金石、字画、瓷器、杂项，在一种高雅而古典的气氛中，让身心得到最大的愉悦。他不着意于收藏，但偶尔也会买上几件被店主看漏了眼的小玩意儿，价格便宜，又"真"又"古"，作平日休憩时的把玩，那一分快意只有他自个儿知道。

　　古玩街的店铺，他太熟悉了，有经营专项的，也有啥都上柜出售的，前者历练已久，属于"老江湖"了，后者往往初入此道，于杂乱中显出一种热闹。柏寒冰特别留意于后者，往往在这种地方，可以"拣漏"，淘到称心的宝贝。

　　在午后稀薄的阳光下，柏寒冰走进了这家新开张的"赏奇斋"。他清楚地记得，这家店铺原名"悦古斋"，专营古旧家具，店主是个白发老爷子，大概是赚够了钱，把店铺转让了。里面的格局，已经全变了，古旧家具一件不见，墙上挂着字画，博物架上摆着铜壶、瓷瓶、佛像，柜台里胡乱搁着一些钱币、项链、砚台、灯具，一看就知道店主应是个品位不高的新手。

柜台里果然站着个年轻人，不到三十岁，长得很粗壮，浓眉、大眼、高鼻，下巴上蓄着一小撮胡子。看见有客人进来，他只是点点头，连问候都没有一声，不是过于自矜，就是有点傻愣。

柏寒冰冷冷地扫了他一眼。进门时，从墙上挂着的营业证上，知道这个店主叫毕聪，本想主动打个招呼，喉结蠕动了一下，到底还是忍住了。

柏寒冰先看字画，真的、好的，少！有一幅黄胄画的《毛驴图》，初看，题款是真的，可那几只毛驴用笔用墨虽有几分相似，但不是黄胄画的，缺那么一点精气神。看得出是一张黄胄的真迹，分成了两张画，这张是真款假画，另一张呢，只可能是真画假款，没挂出来罢了。他再看博物架上的玩意儿，最终也只是摇了摇头。然后蹲到柜台前，俯下身子，细细地看。他的眼睛突然一亮，那不是一串琥珀手链么？但说明卡上只是标着"旧式手链"四个字。他的脑海里立即蹦出一段段的说明文字：琥珀为植物树脂经过石化的有机矿物体，产于煤层或滨海的沙石矿中，起码经历了四千万年的演变；色分蜡黄、红褐，称之为"金珀""血珀"……

他相信他的眼力不会错，这串暗红色的琥珀手链，是用八颗琢磨好的琥珀珠穿成的，每一颗都有拇指甲那么大。当然，检验琥珀的真伪还有其他办法：其一，在皮毛或丝绸上摩擦后，看琥珀可否能吸引小纸屑；其二，琥珀的比重略大于水，在一杯水中搁少量的盐，看放入的琥珀是否会飘浮起来。但他无须这样烦琐的求证，此刻他只是想知道，毕聪是否明白这串手链是琥珀的。

柏寒冰问道："请问这手链是什么材质的？"

毕聪说："不知道。是从一个老宅子里收购来的，应该是个老玩意儿吧。"

"出价多少？"

毕聪想了好一阵，咬了咬牙，说："五百元吧。"

柏寒冰心里笑了，这样大的琥珀珠，每颗应在两百元左右，可见毕聪真没看出这是琥珀手链。

"请拿给我看看，好吗？"

"好。好。"

柏寒冰并不是真要看，只是做出看了又看的样子罢了，然后说："可以少点儿吗？"

"多少呢？你说个价。"

"四百元怎么样？"

毕聪装出很犹豫的样子，吞吞吐吐地说："你就再加五十元吧。"

"行。我要了！"

柏寒冰付了款，转身准备走时，毕聪很恭敬地说："你是柏寒冰教授吧？"

柏寒冰愣了，问："是。我并不认识你呀。"

"我买过你一本谈考古的书，上面有你的照片。我叫毕聪，请你记住我，日后还请你多多关照。"

"小毕，我捡漏儿了，这是琥珀手链，你居然没有看出来！"

"是吗？我高兴啊，今天认识了你这位大教授。"

"小毕，再见！"

"柏教授，你走好！"

……

又过了些日子，立冬了。

本市的一家拍卖公司，从古玩街征集了一批古玩，准备邀请企业界人士竞拍，响应者甚众。

在竞拍之前，拍卖公司先请文物专家前来鉴定、估价。还特意通知了有古玩送审的店主到会场旁听，以便增长见识。

柏寒冰当然在受邀的专家之列，当他走到会场门口时，毕聪立刻迎了上来。

"柏教授，你好！"

"啊，是小毕，你送了什么好玩意儿？"

"一张已故大画家黄胄的《毛驴图》，很多企业家都看中了这张画哩，出价不会低的。"

"就是挂在你店子墙上的那一幅？"

"对，就是那一幅，还得请你美言几句啊。那串琥珀手链，你觉得满意吗？我店里还有几个琥珀佩件，你什么时候来看看吧。"

柏寒冰全身的汗毛都竖了起来，那天他去买琥珀手链，还自以为是哩，分明钻进了毕聪设的"套"里！这小子哪会不懂琥珀？为的是让他尝点甜头，在关键时刻好说出违心的话。他拍拍毕聪的肩，说："你年纪虽小，心眼却多，真让我长了记性。"然后，一昂首走进了会场。

轮到柏寒冰发言时，他公正地评说了所有送审的古玩，重点谈了对《毛驴图》的意见：款识虽真，画却是伪造的，一定要撤下来！

毕聪痛苦地垂下了头。

第二天，柏寒冰特意去了古玩街的赏奇斋，把那串琥珀手链放在柜台上，钱也不要退还，扭头飞快地走出了店堂。

天字罐

三十八岁的董懂，在潭州古玩街的市场管理委员会，一干就是十年。这么有"派"的人物，个子高挑，脸色白净，戴着一副浅黑色玳瑁框眼镜，通身上下洋溢出很浓的书卷气，怎么看也不像是一个管理市场的人。夏天，他手里总是摇着一把折扇，紫檀扇骨，宣纸扇面上画的是大写意梅花，当然是出自本地的名家之笔；不用扇子的季节，手里常把玩着一个玲珑的玉石寿桃，淡绿中沁出浅浅的红。他说话文雅、沉缓，走路稳稳当当，从早到晚都是一脸平和的笑意。

董懂是外语学院英语系毕业的研究生，又兼修了法语，无论口语、笔译都是很不错的。他祖父那一辈是开古玩店的，父亲则是文物局从事文物鉴定的专家。他毕业后，有两种选择，一是留校教外语；二是因家学渊源的熏陶，对古玩并不陌生，完全可以到文物局去找个位置。但他既不想丢了外语，又希望兼顾对古玩的爱好。那一年正好碰上古玩街市场管理委员会，要招聘一个懂外语也懂古玩的公务员，笔试、面试，他一路过关斩将，最终"金榜题名"！

这座有着千年历史的潭州，素来是古玩的集散地。特别是改革开放以来，这条风景独异的古玩街，成了古玩的采买处、旅游的观光点，金发蓝眼的洋人时或见之。董懂的任务，就是为说英语、法语的古董商引路、当翻译，他很喜欢这个工作，不太忙，闲时可以读书，可以去各个店铺交谈、观赏，让各种各样的古玩"过眼""过手"，确实增长了不少见识。

董懂是懂古玩的翻译家，那些关于古玩的专业知识，他可以流利而准确地用外语表述出来，而且有自己的独特见解。同时，他决不欺瞒哪一方，既要对得起国人，又要对得起外国朋友，因此他的口碑很好。

来自美国纽约的布斯特先生，在这个秋天的上午，跟着董懂，又走进了专卖古瓷的"流光居"。

布斯特年近花甲，一头白发，蓄着两撇白色的小胡子，但身板笔直，四肢粗壮有力，从背影上看，像个中年人。

他和董懂是第二次打交道，也可以算是老朋友了。布斯特很信任董懂，因为去年通过董懂的介绍，买了一些好东西，价格公道，而且不是赝品，一出手赚了不少钱。这次与董懂见面时，按中国人的风俗，他要给董懂一个装着一千美金的红包表示谢意。董懂笑过之后，拒绝了，用英语说道："你知道吗？这是看不起人，友谊是无法用金钱衡量的。我不是古玩行当中的跑腿拉纤者，这是我的本职工作！"

布斯特耸了耸肩，觉得不可理解。

上次，在这家流光居采买瓷器时，是店主刘璧亲自出柜接待他们的。刘璧和董懂年纪相仿，他虽在鉴定古瓷上有些功夫，但心粗，不怎么喜欢读书，凭的是"经验"吃饭，连博物架上的东西都摆得有些杂乱。

布斯特看得很仔细，也问得很仔细。刘璧回答得非常简略，但董懂却"翻译"得十分详细。刘璧想：这董懂哪有这么多话说？真是啥都"懂"啊。

布斯特在架上一个不起眼的地方，发现了一只很脏污的蓝釉碗，拿起来看了又看。刘璧说："这大概是清末年间的，叫作蓝釉青花宝杵碗，人民币也就二千元。"

董懂没有马上翻译，而是从布斯特手中拿过碗来细看：碗外虽为蓝釉，但透出青釉的莹润，无杂质、粗纹，均匀地布满"鱼子"般的细泡；碗内白釉厚实，如脂如玉；碗底虽无字款，但与明成化年间的青花瓷近似，只是没有那么精美罢了。他用中文向刘璧说了他的看法，强调可以买到六千元人民币！然后，又用英文为布斯特做了详细的讲解。

布斯特痛快地买下了这只碗，后来在纽约以一万美元出手……

刘璧见他们来了，忙走上前去，大声说："布斯特先生，您好！董懂兄，谢谢你又把他引到小店来。"

布斯特说:"刘老板,有什么好东西,只管拿给我看,去年买的那只碗,我赚了!"

听完翻译,刘璧望了望董懂,禁不住哈哈大笑。然后,跑到里间去,搬出了一只斗彩团花带盖的大瓷罐,小心地放在柜台上,请布斯特观赏。

布斯特看了好一阵,激动地再提起来看罐底,有一个清晰的楷书"天"字。这不是十分珍奇的明成化"天字罐"么!

这一切,董懂都看在眼里。"天字罐"存世量极少,而且多在相当规模的博物馆里,属于国家一级文物。那么,这只"天字罐"来自哪里? 只可能来自不正当的渠道!

"刘璧兄,这东西太贵重了,曾在国际拍卖会上,起价就是百万美元哩。"

"我知道。如果布斯特要,我只出价五十万元人民币,请兄帮忙撮合。"

"这样的国家一级文物,布斯特能带出海关吗? 我想问问,你是怎么收来的?"

"董懂兄,古玩行素有'英雄不问出处'的说法,你忘了?"

董懂不好再说什么,转过脸,开始为布斯特进行翻译讲解。他说:这只"天字罐"是赝品,刘璧居然没看出来!

布斯特最终没有买下"天字罐",这使刘璧很懊恼,明明有大钱赚的买卖,怎么这老头子就不动心呢? 糊涂! 但布斯特还是花了几万元钱,买了好几件别的瓷器,然后笑吟吟地走了。

两个小时后，董懂送别布斯特离开古玩街后，急匆匆又回到了流光居。

他们在关上门的里间，好好地长谈了个把小时，然后，刘璧随着董懂去了市场管理委员会，详查地说明了情况，并笔录"备案"。原来"天字罐"是一个陌生人，主动送上门来卖的，只要了五万元钱！

一个月后，"天字罐"果然出了事。它是外省的一伙盗墓贼，在当地一座明王妃墓里盗挖出来的。因刘璧提早说明"备案"，总算是脱了干系。但"天字罐"没收了，还白白地赔了五万元钱。

刘璧吓出了一身冷汗后，又庆幸自己逢凶化吉，这一切多亏了董懂。他决定在"洞庭春酒楼"宴请这位并没有多少深交的好朋友。

董懂说："你知道我的秉好，古玩街上任何店主的宴请，我都不参加。不过，你好好准备准备，明天，我会把几个法国古董商，领到你店里去……"

票
友

　　云晴晴二十八岁，是古城国华京剧团的当家花旦。她的名声不仅在古城很响，南方的许多城市，称之为"云党"的票友也是多乎哉。她有戏剧学校"坐科"的专业功底，后来又带职读了中央戏剧学院的研究生班，锦上添花，功夫更加了不得。

　　云晴晴学的是"程派"，不但扮相俏丽，而且唱、念、做、打都有绝活。她会唱的戏很多，《锁麟囊》《玉狮坠》《春闺梦》《文姬归汉》……每一出都能给人留下深刻的印象。票友们依照惯例，把她称为"云老板"。特别是那些网上的粉丝，在她的网站上跟帖时，更是一口一个"云老板"地叫得挺欢。云晴晴不喜欢"云老板"这个称呼，总感到有点男性化的色彩。她至今还待字闺中，连男朋友都没有哩，一个"老"字岂不让她觉得未老先衰了。可她不能申辩，票友有这份热情不容易。

　　每晚唱完戏，不管是在外地还是本地，吃过夜宵后，云晴晴都会打开手提电脑，看看票友对她的演出有什么评价，那真是一种幸福。她敏感地发现，只要在本地演出，就会有一位叫"梨园之友"的票友，发帖时从不称她为"云老板"，而称她为"云晴晴女史"。女史者，有学识之女性也。从行文的古雅看，应该是个男性，而且有一把子年纪了。她也曾想和他见个面，但对方说："票友千万，我不过此中一员。君若一一会见，岂不空耗时光！"

她把"梨园之友"的帖子一一下载珍存，时常阅读，几乎都能背下来。他评价她的唱腔："忽而高如鹤唳，哀厉凄绝。忽而细如游丝，幽怨呜咽。忽而悬崖急湍，忽而徐折经回。欲学君之行腔既难，如君之如此顿挫合拍，讲究四声更不易。"当然也有批评，那晚她演《锁麟囊》饰薛湘灵，因白天被硬拉着去参加一个同学的聚会，耽误了休息，嗓子有些吃力。"梨园之友"的帖子说："唱腔中似有倦意，丹田之气提升不足，有几处该往高走，君却平曳，以技巧掩之，一般人难察，但我却深以为憾。"

这样诚笃而懂戏的票友，不是知己是什么？当年梅兰芳之遇齐如山，程砚秋之遇罗瘿公，至今都传为佳话。可惜，她与他是遇而不见，一"网"相隔，同居一城却似远隔千里。

这个春季多雨，一连下了四十多天，城里到处潮乎乎的，而隶属于古城的邻县，闹起了水灾，很多的村子被淹，而且还时常发生泥石流，报纸、电视上触目都是抗洪救灾的报道。

国华京剧团从外地演出归来，当夜，云晴晴就见到了"梨园之友"的信件：

云晴晴女史：

春安。得悉贵团载誉而归，辛苦了。连日大雨，乡间灾重，房摧屋塌，桥断路毁，田园而成泽国。古城市民，无不日夜萦系于怀，伸出援助之手。我以票友之名义，恳请以君之号召力，联络同仁义演赈灾。我将随市政府之救灾指挥部奔赴灾区。君之义演，我虽不能亲睹，但会让家人前往助阵。谢谢。

此致

演出成功！

梨园之友

云晴晴看完，眼睛都湿了。随即打电话给团里的负责人和各位同事，大家异口同声说"义不容辞"。

第二天上午，古城各处贴满了救灾义演的海报：国华京剧团义演五晚，都是云晴晴主演的程派名剧，每票百元，全部款项捐赠灾区。

这五晚呀，按照云晴晴的安排，全体演员都提前化好妆、穿好戏服，站在剧院门口，迎接前来看戏的观众。在主要演员的面前，设有捐款箱。不少观众虽已买票，在进门时还会慷慨地把钱投入箱中。云晴晴确实有人缘，她面前的捐款箱投钱是最多的，她不停地说："谢谢啦。谢谢您啦。"

云晴晴的演出，场场精彩。观众既奉献了爱心，也过足了戏瘾。卸了妆，草草用过夜宵，云晴晴回到家里的第一件事，就是打开电脑，看网站上的帖子。

"梨园之友"果然不在剧场。她想：他此刻在做什么呢？帮助灾民转移？发放救灾的钱、物？还是在通宵开会？

五晚的义演结束了。

云晴晴一直睡到第二天上午十点钟才起床，她真的累狠了。

父母亲上班去了。床头柜上放着一份《古城晨报》，肯定是母亲买菜时捎带买回来的。云晴晴看见在头版正中间，有昨晚她演出的大幅剧照。而头条消息的粗黑标题，立即吸引住了她的目光："暴雨中转移众乡亲，泥石流吞噬八勇士。"她飞快地读完全文，不由得小声地啜泣起来。这牺牲的八个人，都是市政府救灾指挥部的成员！

晚上，云晴晴又打开电脑，"梨园之友"的亲属给她发来了信件：

　　云晴晴女史：

　　　　你好。在我发这封信时，"梨园之友"已经离开了这个世界。在他牺牲前的两个小时，曾打手机来嘱咐我抽暇给你发封信，感谢你和你们的义演。我每晚领着孩子都去了剧院，你的演出真是太好了，相信你会成为"程派"最优秀的传人。我想我以后应该经常去看你的戏，也做一个够格的"梨园之友"。再见了。

　　此致
敬礼！

　　　　　　　　　　　　"梨园之友"的亲属

　　几天后，在悲壮的追悼大会场里，哀乐低回，云晴晴泪眼模糊，凝视着八位烈士的巨幅遗像。她听说，他们都喜欢京戏，那么，谁是"梨园之友"呢？

戏
衣

农历的六月初六，民间称之为晒书节。

江南悠长的梅雨季节早已过去，眼下是太阳高悬，照得到处明明晃晃的盛夏。到了晒书节这一天，读书人该晒书了，去霉祛湿，书香也就变得干燥而清纯。晒书节晒的当然不仅是书，还有被褥、衣服及其他该晒的什物。在古城湘潭，家家都遵循古俗，格外珍惜这一天的阳光。

江南京剧团团长高声，突然接到寇晓丹的电话，当时他正孤零零地坐在办公室里发呆发愁。按理说今天是星期日，本不该上班的，妻子安排他在院子里晒霉，他很不客气地一甩手走了，身后丢下一句话："我得上班哩！"

京剧团弄到这个可怜模样，人心都散架了，总是那几出让人看厌了的戏，老一辈的名角大腕都陆续退隐，新角还没有排山倒海的号召力，演演停停，停停演演，经济效益能好到哪里去？高声最初是一个不错的小生，后来又到北京戏剧学院的导演系进修，确实精明能干。当上团长后，天天想的就是怎么让京剧团红火起来。几个月前，他请团里的编剧，将老本子《西厢记》，重新改写成青春版的《红娘》，人物不变，有名的唱段不变，但在场次、音乐、布景、服装、道具上，力图符合青年观众的审美情趣，给人焕然一新的感觉。戏排好了，还请北京和省城的专家前来观摩，没想到都赞不绝口。但专家对戏衣特意交代，要重新设计、重新制作，既要古典，又要时新，要让人眼睛发亮。弄好了，可以参加中秋前后在北京举办的戏剧调演，争取一炮走红。

高声手一摊，心想："话好说，钱呢？光戏衣就要十几万，还有其他的开支哩。文化局说没有多余的钱，想找人赞助更是难上加难。愁死我了！"

就在他连连叹气的时候，电话铃响了，是寇晓丹打来的。

"喂，是高团长吗？我是老寇哩。"

"我是小高，您有什么吩咐？请讲。"

"我五十五岁了，该退休了。我想请你、演红娘的文雯，还有操琴司鼓的几个乐手，都带上乐器吧，十点钟，到我家来一趟好吗？"

"好……吧。"

高声不能不重视这件事，谁都有退休的这一天啊。可为什么还要演员、乐手去呢？他蓦地明白了，寇晓丹是想最后过把戏瘾吧。

寇晓丹是团里的检箱人，一干就干了三十年。而且一辈子没结过婚，孑然一身，不容易啊。什么是检箱人呢？一般来说，后台设有大衣、二衣、三衣（靴包）、套帽、旗把五个"箱口"，演员需要什么东西，由检箱人拿给他们并帮助束装；演出完毕，再由检箱人将归还的东西分类清点入箱。寇晓丹和两个助手，把这些烦琐的事，做得认真细致，从不出乱。她满脸都是平和的笑，话语轻柔，再傲气的名角也对她尊重三分。她是戏校毕业的，攻的是花旦，眼看着就要大红大紫时，一场大病让她倒了嗓，后来虽有所恢复，但上台已难以应付了，于是当了检箱人。此生名伶之梦未圆，这应该是她最大的遗憾。岁月倥偬，不经意间，她就要退休了。

高声看看表，快九点了。于是，掏出手机给文雯和乐手们打电话，相约准十点到达寇家。他走出办公室时，热辣辣的太阳已经升得很高了，不由得叫了一声板："唉呀呀，愁杀老夫也——"

伶人的时间观念是最强的，准十点，这一群人都站在小巷中这个庭院的门外了。

高声正要叩响门环，院门忽地开了。

寇晓丹笑吟吟地拱了拱手，说："惊动各位的大驾了，请进！"

院门关上了。

放眼一看，所有的人都惊得敛声屏气，眼都直了。

庭院里立着好几个高高的木架，木架上横搁着长长的竹竿，竹竿上晾晒着五彩斑斓的戏衣，蟒、靠（甲）、帔、褶，竟有两三百件之多。蟒即蟒袍，圆领、大襟、大袖，长及足，袖根下有摆，满身纹绣。还有官衣、软靠、硬靠、大铠、帔风、腰裙、水裙、战裙、箭衣、八卦衣、茶衣、云肩、斗篷等等。戏衣"上五色"的黄、红、绿、白、黑，"下五色"的紫、蓝、粉红、湖色、古铜色（或茶色），交相辉映，炫人眼目。

文雯惊叫起来："寇老师，你居然收藏这么多戏衣，今天晒霉，让我们来开开眼？"

寇晓丹矜持地一笑，说："请坐，刚沏的龙井茶哩！午饭我早打电话去订好了，到时饭店会用食盒送到家里来。"

高声说："你要退休了，按常例，公家是要招待一桌送行酒席的，还要你破费？"

"团里困难哩，由我做东吧。新排的戏多好，可惜没钱置办戏衣。这些戏衣，大部分是我那铁杆戏迷的爹收藏然后又传给我的，其余的则是自个儿购买，或是请人专门缝制的。可惜式样老套，青春版的《红娘》用不上，要不，我会捐献出来的。"

院子正中的一棵树下，摆着一张八仙桌，上面放着茶壶、茶杯和几碟子水果。大家谦让着围桌而坐，默然无语。

文雯的眼圈忽地红了。

寇晓丹问："小文，你的功底扎实，我俩师法的都是荀派，但你比我年轻时唱得好多了。"

高声说："原指望《红娘》把她捧起来，也让剧团走出困境，没想到天不助人。"

文雯低声说："我都想改行了。有模特队找我加盟，可我只是不甘心……不甘心啊。"

高声头一昂，说："这个戏一定要演下去，我铁心了。家里还有几万块钱存款，再把住房证抵押给银行，贷款十万。老婆也被我说动了，没有异议。"

寇晓丹连连摇头，说："你的爹妈在农村，负担不轻，孩子刚上大学，费用也不少。团里的人都靠着工资过日子，也拿不出多少钱来，还是我来想办法吧。"

大家都直瞪瞪地看着她。

"今天，是我最后一次晒这些戏衣了。我爹收藏戏衣，是因为他太爱京戏了，爱屋及乌。我呢，是为了圆那没唱成名角的梦，看着戏衣算是得到最大的安慰，也常会一个人对镜着戏衣、化妆，彩唱解馋。京戏是我的命根子啊！"

说着说着，她眼泪也出来了，连忙揩去。

"小文这班年轻人，眼看着就要成'角儿'了，高兴哟。团里缺钱，我不能袖手旁观。这些戏衣，我卖给外地的一个收藏家了，二十万，全捐给团里。约定明日在这里钱、货两清。"

所有的人都愣住了。

高声说："这怎么行？就算团里借你的吧。"

"不！若是借给团里，上上下下都有压力了，戏还怎么能演好？是捐给团里！我一个老婆子，要这么多钱干什么。"

文雯突然嘤嘤地哭了起来。

寇晓丹轻轻地拍着她的肩膀，柔声说："小文，别哭，我还有件事要求你哩。我就要退休了，这么多年来，就没当着人唱过戏，你陪我彩唱《红娘》中的几段，好吗？当然还得劳驾高团长唱小生哩。"

"好。"文雯带泪回答。

"好！好！"高声和乐手们都大声喊道。

"那我们化妆、穿戏衣去！小文，你唱红娘，我唱崔莺莺，高团长的张君瑞。"

……

锣鼓声、京胡声响了起来。

整个庭院和晾晒的戏衣成了舞台和布景。

光彩照人的红娘、崔莺莺、张君瑞，在乐声中，翩跹起舞，仪态优美。年过五十的寇晓丹，此刻成了风情万种的崔莺莺，高声不由得在心底叫了一声"好"。

红娘唱"反四平调"的"佳期颂"：

小姐呀，小姐你多丰采。

君瑞呀，君瑞你大雅才。

风流不用千金买，

月移花影玉人来。

今宵勾却了相思债，

光彩照人的红娘、崔莺莺、张君瑞，在乐声中，翩跹起舞，仪态优美。年过五十的寇晓丹，此刻成了风情万种的崔莺莺，高声不由得在心底叫了一声『好』。

一双情侣称心怀。

老夫人把婚姻赖，

好姻缘无情被拆开。

你看小姐终日愁眉黛，

那张生病得骨瘦如柴。

不管老夫人家法厉害，

我红娘成就他们鱼水和谐。

院门外，传来一片叫"好"声，准是巷里的老少爷们，被锣鼓的声响引来，挤在门外听戏。

高声向一个乐手使了个眼色，让他去打开院门，好让寇晓丹，正正经经地面对众人唱一回戏……

青春版的《红娘》，如期轰轰烈烈地上演了，誉声四播。然后赴省城、到北京，红了大半边天。

退休了的寇晓丹，早就搬出了那个世居的庭院，悄悄地住在城郊的一个偏僻处。是两小间简陋的平房。

经常去走访寇晓丹的文雯，有一天告诉高声："高团长，寇老师没卖戏衣，卖的是那个庭院。她现在的住房是租的。"

"你怎么知道？"

"我千方百计打听到的。她不说卖房子，是怕我们坚辞不允；她不卖戏衣，是因为还舍不得京戏！"

高声大喊一声："我们都像她一样，这京戏不兴旺才怪！"

客栈一夜

黑黝黝的山影，一叠复一叠，极凝重极肃寂，压迫着这座两层的古旧木楼，时而吱吱的响几声，仿佛不堪重负。初冬的寒意细密尖利，穿透厚实的夜色，再自板壁木隙中刺入，切割旅人的梦。

我怎么也睡不着，年岁大，负荷画夹和行李长途跋涉，此刻疲倦难支。也许是初入山地的不惯，也许是这客房中此起彼伏的鼾声，破碎了我的梦境。然而，我自知全不是，是这小客栈带给我的谜似的新奇，折磨尽我的困顿。

这小客栈地处荒僻，三面大山，门前是一条自古及今的窄窄的通道，很难想象会是什么人来投宿。我一时迷失路径，于苍茫暮色中见一点如醉猩红，便被"吸"到这里来。

檐下挑出一个红灯笼，长圆状，上有细颈，如一古瓶，造型极雅。大门上方，竟置一块漆色斑驳的匾额，暗金色的字依稀可辨，名曰：利贞。门两旁嵌一副对联，是用刀在紫檀木板上雕凿的，联语是：闲邪存其诚；善世而不伐。

店名与联语皆是六十四卦中"乾卦"的卦辞，想见这山野之中，居然有懂得这深奥义旨的人，便惊诧不已。而店主人又是一个须眉皆白的老者，衣装简朴，相貌却是清奇不俗，仿佛在《清明上河图》的古客栈中，和他谋过一面。

待店主热诚安置好一切，对我说："老哥子，楼下的厅堂燃着木炭火，还有一伙子人，喝杯热茶，扯一扯谈，保你一觉睡到天亮。"

厅堂里果然置一大盆红灼的炭火，一伙人团团围坐。见我来，竟纷纷让座，客气地打招呼。未到火边，心便热了几分。

"刚到？"一位头扎长巾的壮实汉子笑问道。

我点头，在他身边的条凳上坐下。

店主给我泡了一杯茶，也挤坐到人丛中。

居然有一个年轻女子，和一个秀气的男子同坐一条凳。

那女子的头发绾到脑后，梳成一个"巴巴头"，身材娇小，双眸极清亮，不像一般农妇。

萍水相逢，又是围炉向火，平添了许多亲热。只是并不自报家门来一些客套，相对视一笑，似故交而已。

身边的汉子对我望了一阵，忽伸出右手，用食指和拇指弯成一个"圆"，说："老哥子，可要这样货？"

我不懂是什么意思，只好笑了笑，不便答话。

他又翘起拇指与小指，比画出一个"六"来，眼睛盯住了我。

出于礼貌，我摇摇头，表示不懂。

他不言语，有些憾意，大概以为我对他的什么"货"不需要。

一个独眼汉子忽从口袋里掏出几大把板栗，埋到炭盆的火灰中去。"请你们吃煨板栗，只是莫嫌弃。"

店主打个哈哈："这趟板栗生意该有大宗进益？"

独眼汉子不作声，只是笑。

炭火红艳艳的，如一盆盛开的杜鹃，烘得每张脸生出光彩。

"只可惜你爹那年死得惨，被戴红袖章的人反绑了手，从丈二高的石台子上推下去。"

一时屋里空气凝固，只听见火星子爆裂的声响。

谁问一句："打猎的汉子又放套子去了？"

"他想捉香麝，割那香卵子发财，这药治得伤，打得胎，金贵得很。"

答话的是一个中年人，手里捏几根银针玩耍，看样子是个草药郎中。

有人咳一声，随口吐出一团稠痰。是个蓄着鼠须的清瘦老者。

"闲来无事，我给你测个字如何？"

他把目光投向我。看得出他是专操这营生的。对于长期关在美术学院的我，即刻催发出无穷的兴趣。

"那就有劳尊驾了。我测一个'村'字。"

他沉思片刻，又在手心划了一阵，说："木以长材为贵，一'寸'之'木'亦何所用？但于你则可以'寸木'高接岑楼，长此下去，必有造化也。"

我心一震，想见这"寸木"可是指伴随我大半生的油画笔？忙说："多承谬奖。"

板栗煨熟了，独眼汉子扒开火灰，一一取出，每人分十来颗。剥开细嚼，香甜爽口。

那女子对身边的男子说："这夜长，我们来唱一段'三棒花鼓'，如何？"

男子眉眼间溢出许多喜悦，便点点头。

女子转身上楼，取来一锣一鼓。

女子坐下把鼓夹在两膝间，男子提起了锣，居然不需琴弦。这"三棒花鼓"大约是指两鼓槌加一锣槌。

我依稀记得在书上看过这方面的文字，它是土家族的一种古老的演唱样式。

他们咚吭咚吭地把锣鼓打响，听报曲名是《李三保与吴凤姑》。女子一边打鼓一边唱，男子只管打锣。

女子嗓音不甚清亮，带一点沙哑，但却有一种说不清的情感奔泻而出。说的是一个土家族女子吴凤姑，与一个汉族的青年李三保悲欢离合的故事。当"吴凤姑"叙述身世，唱到那句"我的命苦呃苦呃苦"时，音调翻得又尖又高，竟淌出泪来，一脸戚然。

唱毕，满座都叫好，他们忙深鞠一躬表示感激。

　　我突然从他们的装束上，猜出这女子是土家族人，而这男子分明是汉人。他们是夫妻？还是情人？

　　我身边的汉子，一直默默地勾着头，似未闻，似未见，径直想他的心事。

　　到子夜，我们都回客房去。楼上只一大一小两间，那对青年男女住在小客房里。

　　异地忽与这些陌生人相聚，竟有如此多的玄妙，使我久难入眠。我只能略略地猜测他们是干什么的，却不可知道他们的身世，一切皆如谜。

　　打手势的汉子他要向我兜售什么"货"，那个"圆"是代指旧日的银元还是鸦片烟饼子？那独眼汉子的爹定是死于"文革"中，是因什么而死则不可知。这小客栈是何时所建？那店名那对联非一般人可拟出，店主先前是做什么的？

　　墙角那个方位，有人翻身，木板铺响得很沉重。隔壁的小客房里，忽传来低低的争吵声。

　　"下一处到八角寨，怎么不好，那里有好几家要娶亲嫁女，想听'三棒花鼓'哩。"

　　"不去！你以为我不知道，那里有你的一个花妖精。下一处到大盘镇去，偏不走那一方！"

　　"好好好，都听你的……"

　　女子轻轻地笑了。

　　一切又归于平静。

太疲倦了。我的身子忽轻轻飘起来，似风中的绒蓬，眼皮一合，沉入了一个梦。

天亮时，我醒了过来，屋里竟不见一人，都走了。

恰店主上楼来，我便问他们哪去了？

他微微一笑，说："和你打手势的汉子四更天就跑了，把房钱丢在床上，他干的营生鬼着哩。打猎的汉子在山上不慎跌伤，草药郎中忙去看视。其余的都走了，来无踪，去无影，大山里讨生活，不容易。"

我还想问下去，未开口，老者摆摆手，说："太阳都要出来了，老哥子，你也该上路了。"

是的，何必问呢，生活原本是深奥难懂的。只是遗憾，刚一聚合，又是分离，如风吹云散，走得远远的。

这世界才成为一个世界。

老者见我惘然若失，又说："他们走时，要我向你道歉，没当面辞行。"

忽觉喉头有些哽咽，好久才说出一句："下次他们来时，请代我谢谢他们。"

老者下楼去了。

我摊开画夹，把昨夜的印象，急速地勾勒下来……

剪
婆
婆

出阁前，她叫"剪妹"；洞房花烛后，她叫"剪姐"；有了儿女，她叫"剪嫂"；儿女成家立业了，她顺理成章地被称作"剪婆婆"。

《百家姓》《千家姓》里，没有"剪刀"的"剪"这个姓。只有一个"翦"姓，比如大学者翦伯赞，就是此中的翘楚。

"剪"并不是她的姓，她姓刘，叫刘兰芳，是古城湘潭乡下的青山铺人。那地方的妇女，从小到老，都喜欢剪花（也就是剪纸）。剪什么样式的都有，人生礼仪的"礼花""喜花""寿花"，岁时节令的"窗花""墙花"，还有用于服饰居住、文艺游戏、祭祀祈祝形形色色的"花"。刘兰芳六岁就开始学剪花了，心灵手巧，总是在同龄人中头角峥嵘。到了被人称为"剪婆婆"的时候，她的作品自成一格，构图雄宏，多剪大场景画面，花草、山水、人物汇于一体。而且不用起稿子，运剪凌厉，常采用折剪重复的手法，于对称中求变化、规整中见性灵，作品多次参加市、省和全国大展，成了名副其实的民间艺术家。

人们认为她是为一把剪刀而活着的，只有她配得上在称谓前冠一"剪"字。尽管她有忙不完的农活、家务，但只要一有空闲，就是剪纸。在细细脆脆的剪刀声中，她六十有五了，青发间有了白发，脸上有了皱纹。

日子越过越顺心哩，名也有了，钱也有了——城里的各个旅游商店都争着订购她的作品，而且价格不菲。可她还是农妇的打扮，该干的农活、家务照干，然后才是剪纸。

丈夫是耕田、种菜的里手，而且身体很好，常对她说："你就专心剪纸吧，别的事不用你动手。"

她摇摇头，说："人一懒，心就蠢，手就笨。"

女儿、女婿是公务员，儿子、儿媳是私营企业家，挺孝顺，老往她手上塞钱。他们都劝她："剪纸几个钱剪赚得太辛苦，没那个必要。"她气也粗了，说："不是为赚钱，是为自己赚快乐，也给别人快乐！"

有一天，剪婆婆感到长期握剪刀的右手大拇指疼痛不止，摸上去还有一个硬块，剪刀也握不稳了。若是身体其他部位出了再大的毛病，她绝不上医院，人哪有这么金贵呢？但这是要握剪刀的手。在家人的前呼后拥下，剪婆婆去了湘潭一家最好的医院。

测体温、验血、照片……有经验的医生说，是骨癌，必须做截指手术！

剪婆婆急了，一个月后市里有个改稿会，她送审的表现农村改革开放新气象的大幅剪纸《日子越过越开心》，已获通过，但还要进行修改，截除了大拇指，怎么握剪刀？她只好向大夫陈述她的苦衷，能否只截去大拇指有硬块的第一个关节？

医生叹口气，同意了。

一个月后，剪婆婆出院了，高高兴兴去参加改稿会。作品一路过关斩将，到北京去参展了，还得了个金奖。

半年后，剪婆婆动过手术的大拇指又开始剧痛，上面又长出了一个肿块。医生劝她把大拇指或手截掉，以绝癌细胞的扩散，这样可以多活几年。

剪婆婆恸哭起来，又是摇头，又是摆手，这样的手术她坚决不能做。她哽咽着说："好日子过够了，死算个什么。就是花没剪够，没有手了，怎么剪？不能剪花了，要那么长的寿做什么？"

不管家人怎么劝怎么求，剪婆婆都不答应。她突然从口袋里掏出一把剪刀，狠狠地说："你们硬要截我的手，我就先剪断我的喉管！"

医生只好改变医疗方案：先做刮骨手术，再做化疗。

剪婆婆开心地笑了。"我能活多久就多久，再剪些花留在世上，就心满意足了。"

一年后，剪婆婆辞世。

临终前，她只有一个要求：把她常用的剪刀，放在骨灰盒里。到了另一个世界，她还要剪花哩！

郁剪剪

《湘江晨报》的文化记者吴净，又一次走进了青山铺乡郁剪剪的家。

正是暮春的午后，竹篱小院静悄悄的。温煦的阳光，柔柔地抚着那一字排开的五间青瓦房，瓦瓴上跳跃着几只褐色的麻雀。

因外地一个朋友，嘱他代为购买四张郁剪剪的剪纸门神，最好能上门去取，他只好亲自来了。

青山铺乡历来流行剪纸，这地方称之为剪花。郁剪剪的祖母、母亲都是剪花能手，"郁剪剪"这个名字是她们给取的。这名字使人联想到"剪剪春风"，但原本的意思，只是希望她在忙完农事、家事后，就不停地剪、剪、剪，在剪花中获得快乐，消解寂寞和烦恼。

郁剪剪如今已是古稀老人了。

二十年前，吴净第一次到青山铺乡来采访农民业余文化生活，写了篇关于此地盛行剪花的长篇通讯，并力荐许多剪花的女名人，郁剪剪就是此中的一位。没想到文章引起社会的广泛关注，本地和外地的报纸、电台、电视台记者，来了一拨又一拨。于是，这些看似平常的剪纸也就成了艺术品，又参展，又卖钱。

吴净作为第一个报道者，自然不会就此罢手，隔上一段日子就要前来采访。每次来，必去探望郁剪剪。郁剪剪专攻神话传说人物，八仙、门神、财神、花仙子、十八罗汉、钟馗……运剪洗练泼辣，而且带点夸张、变形，颇获赞誉。

每次告别时，郁剪剪总是颤声对吴净说："你让我扬眉吐气了，老田对我好多了。"

老田是她的丈夫，叫田谷生，长得很粗蛮，脾气又暴烈，爱喝酒，一有烦心事就打郁剪剪。等到郁剪剪出名了，剪纸可以换钱了，他的野性也收敛了不少。不过所有的钱都得由他统管，决不让妻子过手。

吴净径直走到堂屋的门前，高喊一声："郁老师——"

"来啦！"

随即，郁剪剪从堂屋后面走了出来，紧接着，红着一块脸的田谷生也醺然而出。

"是吴记者呵，贵客！快请坐。你怎么喊我老师呢？我不配。"

"在剪纸上，你当然是老师。"

当吴净在挨墙茶几边的一把椅子上坐下，田谷生也大咧咧地在另一边的椅子上落座,然后,挥挥手,大声说:"大记者来了,还不快去泡茶！"

郁剪剪低声说："我……会的。"

"郁老师，别客气了，我就要走的。我这次来，是要买你的四件门神作品。"

"吴记者，不要买，我送你就是……"

田谷生使劲地咳了一声。

郁剪剪忙煞住话，目光也变得暗淡起来。

"是我的一个外地朋友，在画报上看到你的门神作品，很欣赏，托我来买的。"

"吴记者，你稍等一下，我去房里拿来。"

田谷生突然站起来，说："你歇口气，我去替你拿。"

说完，就快步走进与堂屋相连的那间卧房里去了。

吴净问郁剪剪："儿女们都住在附近吧？经常来吗？"

"来得少，老田从不肯留他们吃饭，几个钱看得比命还重。"

"跟你学剪纸的那个姑娘，自取艺名王一剪的，还努力吧？"

"还努力，剪得和我差不多哩。"

正说着，田谷生出来了，手里拿着的四张门神卷成一卷，递给吴净。

吴净问："多少钱一张？"

田谷生说："你是老熟人，就二百元一张吧。"

郁剪剪急了，说："收多了，老田。"

"城里买二百五哩。"

吴净忙付钱，然后告辞。

田谷生进房放钱去了，只有郁剪剪把吴净一直送到竹篱外。

郁剪剪说："真的对不起，这个老田硬要收钱呵。"

吴净说："收钱是应该的。再见！"

送别时，郁剪剪没有说那句总是要说的话。

吴净在黄昏时，回到了自己的家。

他把卷起的门神像，在案头展开，按顺序摆好，一组是秦叔宝、尉迟恭，一组是神荼、郁垒。粗粗看去，都还不错。再细看，前一组是郁剪剪的作品，下剪厚重老辣；而后一组显得干净纤巧，分别出自郁剪剪的学生王一剪的剪下。

吴净长长地叹了一口气，心有点痛。不是心疼钱，是心痛怎么会发生这样的事。他明白，绝不是郁剪剪所为，定是田谷生进房后搞的名堂。至于王一剪的作品，或是放在老师处寄卖以图获得好价钱，或是田谷生用菲薄的价钱收购而来，吴净就不得而知了。但田谷生将王一剪的作品伪称为郁剪剪的作品，却是不争的事实。

吴净决定把王一剪的作品剔出来，再从自己的藏品中，寻出郁剪剪的同题作品补进去。他不能欺瞒朋友，更不能让伪作流传于世。

　　吴净把王一剪的作品，点着火，烧了。

　　一个月后，青山铺乡政府一个常写新闻稿的宣传干事，打电话告诉吴净：郁老现在再也不肯动剪刀剪花了，几乎天天和田谷生吵架，骂丈夫不该骗了吴净你这个好人；若是田谷生动手打人，她就见什么砸什么，还大喊要一把火把房屋烧了。

　　吴净决定马上去一趟青山镇乡，找田谷生和郁剪剪分别认真谈谈话，他不能看着一个出色的民间艺术家，就这么被毁了！

脸

谱

马悦然是湘江京剧团专画舞台布景的，山呀，水呀，楼台亭阁呀，画得活灵活现。这个行当，圈内人叫作"舞美"。他个子不高，精瘦，脸黑且窄长，配着小眼睛、矮鼻子、大嘴巴，论长相还真上不得台面。

他爹马正雄虽是个码头搬运工，却是个京戏迷，爱看戏爱谈戏也爱唱几嗓子花脸戏。这种家风对马悦然潜移默化，但他更钟情那些舞台上的布景，和演员形形色色的脸谱。在小学和中学，他的美术成绩总是让同学称赞。后来他考上了省戏剧学院的舞美系，一毕业，就分配到故乡的湘江京剧团工作。

马正雄高兴，儿子到底与梨园行沾点儿边了。马悦然也高兴，可以近距离地研究京剧脸谱的画法，这里面学问大着哩。

"舞美"忙在平日，演出时倒很轻松。但马悦然总是和演员一样，准时进入后台，为的是看生、旦、净、丑和跑龙套的，怎么化妆，怎么勾脸，还会问一些相关的问题。散戏后回到家里，再根据记忆画出谱式，做出详细的说明。

渐渐的，他"登堂入室"了。

脸谱在图案结构上，分整脸、六分脸、三块瓦、十字门、碎脸、无双脸、歪脸、揉脸、花脸、精灵脸……在色彩上，归类为红、粉红、紫、黑、油白、蓝、黄、青、金、赭、灰，等等。还有眉、眼窝、鼻窝、脑门、嘴，各种各样的画法，他都懂。

在家休息的日子，他会忍不住对着镜子，在自己的脸上勾勾画画。他的脸，最适于画丑行的角色：蒋干、时迁、胡里、陶洪……马正雄也是个热心人，看了总是喊"好"，还会求儿子给他画《坐寨盗马》中窦尔敦的脸，然后得意地唱："将酒宴摆至在聚义厅上……"

一九六六年冬，马悦然二十八岁。结了婚，只是还没有孩子，仍和父母住在一起。这个小巷中的小院落，关上门，自成一个天地。

京剧团早就不演戏了，有身份的主角、配角都成了"牛鬼蛇神"，扫地、清理厕所、接受批斗、写检讨。马悦然出身好，又没有成名成家，而且做事扎实，不喜欢多说话，被拉进了"造反派"的行列，成了看守、监管这群人的骨干力量。

马正雄说："可不能作孽，睁一眼闭一眼吧。不能骂，更不能打，多关照他们。将来，老百姓不看戏了？我才不相信！"

马悦然连连点头，说："爹，我记住了。"

团里"造反派"的主要头目，是文化局派来的，叫吴廉，忽然想出了新招：要押解这些"牛鬼蛇神"游街，而且必须化妆、勾脸，还规定脸谱越丑越难看越好。现场的总监，指定是马悦然。还交代：如果谁抵制，就由马悦然强行给他们化妆、勾脸。

又丑又恐怖，是神灵鬼怪的脸谱，《西游记》中的金钱豹、《探阴山》中的油流鬼……还有丑行的脸谱：《巴骆和》中的胡里、《时迁盗鸡》中的时迁……

这些人是马悦然的前辈、同事，一个个古道热肠、演艺高超，能勾画这样的脸吗？那是对好人对艺术的亵渎，他不能这么干！

马悦然把这事告诉了爹。

马正雄一拍桌子，吼道："这些狗杂种，居然想出这样的坏主意，缺德！可这些名角如果硬抗，会遭更大的罪。你不是总监吗？你让他们勾画别的脸谱，梨园行得有自尊。出了事——你担着，你是工人阶级的子弟，能把你怎么样？"

这个上午，被点了名去游街的人，早早来到办公楼的一间大会议室里，每个桌子上早备好白粉、胭脂、油彩、画笔。

马悦然让人把门关了。然后，沉重地对各位说："生活中，你们不是小丑，不是鬼怪，你们应该有本色当行的脸谱，想怎么勾画就怎么勾画，这是我允许的！唉，我们这几个前来督促的人，也商量好了，和各位都是一出戏里的人物，也同样化妆、勾脸！不过，我们原本担当的就是小丑角色，所以一律的丑行脸谱。大家加紧吧，然后游街去！"

一片寂静后，各处便响起细碎的声音。

生行中的诸葛亮、关羽、海瑞、旦行中的佘太君、李慧娘、窦娥，净行中的廉颇、姚期、窦尔敦、焦赞……但没有丑行中的人物，谁愿意勾画呢，不如暂入另外的行当。

马悦然和几个本可以不化妆、勾脸的人，倒真的成了粉墨登场的小丑！他成了《问樵闹府》中的老樵夫，角色属于丑行，老脸上双眉如飞蛾展翅，面纹好似游鱼摆尾，行话是"腰子粉脸、棒槌眉、老脸纹"，再戴上毡笠，挂上髯口，真可谓阅尽沧桑了。

他站起来，问道："各位方家，我的脸勾画得如何？"

众人左看右看，喊起"好"来，声音又焦又脆。

催促的擂门声咚咚乱响。

门打开了。

马悦然迎上去，笔直地挺立在吴廉跟前。

吴廉惊诧地问："你，还有其他监督人，怎么化妆、勾脸了？"

"这样热闹些！"

"他们都成了正人君子，你们倒成小丑了？"

"都是我安排的。我们不是小丑是什么？"

"胡闹！"

吴廉一甩手，气呼呼地走了。

游街的事，还搞得下去吗？无疾而终！

但此后，马悦然被开除出"造反派"队伍了，胡廉当然也不敢把他塞进"牛鬼蛇神"的行列。他成了一个谁也管不着的"逍遥派"，有的是时间去琢磨脸谱了，其喜洋洋者矣。

马正雄说："儿子，老爹嫉妒你，啥事不干，成天弄的就是京剧脸谱。脸谱好，有定式，不会变得让人不认识。"

"爹，我懂你的话。再苦再难，人不能老是变心、变脸，这叫万变不离其谱。"

"这才是句人话哩！"

鸽友

古城湘潭的雨湖边，有一条长而曲的巷子，叫祥和巷。住着四五十户人家，一家一个或大或小的院子，黑漆铜环的院门一关，便自成一个格局。

祥和巷各色人物都有，医生、公务员、工人、私企老板……若以业余身份而论，称之为鸽友的则只有两个：巷口第一家的仰云天，巷尾最后一家的房林。

何谓鸽友？就是善养鸽、会玩鸽的人，而且是古城鸽友协会的正式会员，在圈内有一定的知名度。

仰云天七十岁了，发尚青，背未弯，眼不花，走起路来铿锵有声。退休前，他是伤科医院的大夫，专治跌打损伤，活人多矣。正业之外，养鸽、玩鸽，从小到老一直兴致勃勃。他不但治人，还会治鸽，鸽腿伤了、断了，他可以捏可以接，敷药包扎，过些日子就照样飞翔蓝天。

在雨湖边遛腿，在家中的庭院散步，他总会下意识地仰望云天。一群鸽子高高地飞过去，虽小如燕，他立即可点出数目，还能看出品类、公母，这功夫了不得。"仰云天"的名字，实至名归！

他喜欢养灰色的鸽子。深灰（又叫"瓦灰"）、灰、浅灰（又叫"亮灰"），这是基本的三类。此外，浑然一色的叫"素灰"，有深色斑点的叫"斑头灰"，翅有白翎的叫"灰玉翅"，头项部生白毛的叫"灰花"……他一共养了四十来羽（一只为一羽），院中的空地，木楼顶上的晒楼，都是他和鸽子亲密接触的地方。

老伴说他前世就是鸽子投的胎，没见过这么痴爱鸽子的。幸而孩子都在外地工作，没沾上这毛病！

仰云天驯养的鸽子，就像纪律严明的士兵。他打一声"呵嗬"，群鸽在院中起飞，直入云天盘旋，这叫"飞盘子"，而且可以三起三落。这已经很了不起了，何况是"飞活盘子"，一会儿左旋，一会儿右旋，圆转自如。只能朝一个方向旋转的，叫"飞死盘子"。他从不让自己的鸽群去"撞盘子"，即去冲撞人家鸽群的阵营。偶尔，他的鸽群裹胁了人家的鸽子归来，不论优劣，一律轰走，这叫君子不夺人之好。

仰云天在鸽友中声誉颇佳，众望所归，于是连任鸽友协会的会长。

住在巷尾最后一个院子的房林，四十来岁，矮矮胖胖，白白净净。他是本地房地产开发的后起之秀，因为读过大学，自矜为"儒商"。这个院子很大，是他两年前买下的，把老房屋连根拔掉，建了一栋漂亮的三层小洋楼。他喜欢养鸽子，便在院子一角，建了一座小巧而精致的鸽舍，有五六十羽，而且很多是名品，如"青毛""鹤秀""七星""凫背""紫点子""紫玉翅""玉环""白鹦嘴点子"，等等。

房林爱鸽，但很少动手去喂鸽、驯鸽，雇有专人料理这些俗事。他玩鸽，只是手挎着鸽笼（鸽笼又称之为"挎"），到鸽友聚会的地方去展示花大价钱新购的名品，再说一些书面上学来的行话："憋鸽子""喷雏儿""续盘子"……或者，在自家院子里"飞盘子"，呼啦啦群鸽起飞，在空中"飞死盘子"，然后再落下来。这已让他很满足了，名鸽多，谁也不敢小视他。

他与巷中人很少打交道，劈面碰见了，也不打招呼，把头昂起，用眼角的余光扫视对方。只有碰到了仰云天，他才略略点头，也只是头动而颈根硬着而已，不咸不淡地寒暄几句。

巷中人背地里称房林为"硬颈根"。

少年得志，事业如日中天，有文化，有钱，腰板硬，颈根硬，能向旁人低头吗？当然不能。

但房林向仰云天低过一次头。

仰云天的祖父、父亲都喜欢养鸽子，而且古城当时鸽哨制作名家的好玩意儿收藏不少，据说有上百个，后来都顺理成章传到了仰云天的手上。这些名家早过世了，他们后人制作的鸽哨，不可与之同日而语。

鸽哨分为四大类：葫芦类、联筒类、星排类、星眼类。每一类又有很多的品种，比如联筒类，就有三联、四联、五联、二筒、三筒、鼎足三筒、四筒、四足四筒。鸽哨佩系在什么地方呢？鸽子的尾翎一般是十二根，在正中四根距臀尖约一厘米半处，方可佩系鸽哨。精美的鸽哨，工艺繁复，结构奇巧，音色、音量俱佳，价钱不菲。因是出自名家之手，哨上往往刻有其字号，又因年代久远，与工艺品或文物无异，珍贵极了。

在一个夜晚，巷中人声静了，房林先用电话礼貌地预约，然后一步一颠地去了仰家。

喝过茶、抽过烟、扯过闲话后，房林忍不住说出了来意：想购买仰云天全部的鸽哨，价钱无论多少，照付不误！

仰云天哈哈大笑，尔后收住笑，说："房先生，这都是老辈子留下的东西。我不等钱用，鸽哨一个也不可出让，对不起！"然后又说："你知道怎么佩系鸽哨吗？知道什么鸽佩系什么鸽哨吗？知道一群鸽子的鸽哨怎么配音吗？你不懂呵，我懂。"

房林一块脸都白了，蓦地站起来，咚咚咚地走了。

仰云天高喊一声："房先生走好，恕不远送！"

转眼入秋了，天高云淡，金风细细。

鸽友协会决定，互相选定对手，在雨湖七仙桥附近的一块草坪上，一对一对地按顺序"飞盘子"和"撞盘子"，谁的鸽子飞得高、旋得巧，能把对方的鸽阵撞乱，还把其中的鸽子裹胁回家的，属于胜者。按规定，裹胁而去的鸽子必须一一归还对方。

房林指定要和仰云天一比高下。

这是个星期六的午后。

仰云天平和地说："房先生，我接受挑战。我若输了，会长的位子我决不再坐！"

"真的吗？"房林咄咄逼人。

"一言既出，驷马难追。"

"那就好，诸位可以作证。"

他们分别站在草坪的两端，身边摆放着几只大鸽笼。

当开赛的小红旗急促地挥动之后，两个人迅速地打开笼门，各有三十羽，热热闹闹地朝空中飞去。

仰云天的鸽子在先天都佩系上了鸽哨，高音、中音、低音，雄壮的、柔软的、粗犷的、妩媚的，在鸽翅的扇动中，如一部动听的交响乐。"盘子"飞得高，旋得活，而且三起三落，井然有序。

房林也请人佩系上了新购的鸽哨，但却是一片杂乱的喧响，而且"盘子"只朝一个方向旋转。突然领头的几羽，率领群鸽冲向对手的阵营，这叫主动进攻。

仰云天的鸽群立即拉高，纹丝不乱，然后再俯冲下来，变守势为攻势，凌厉地杀入对手的"盘子"，纵横切割，让对方溃不成军。接着，又从战阵中撤出，重组"盘子"，朝祥和巷方向的家中飞去。

房林的鸽子呢，紧接着也朝自家飞去了。

房林拍手大笑，说："仰会长，你的兵马溃逃了，我的部下穷追不舍哩。"

仰云天朝这边拱拱手，说："房先生，你赶快回去数数鸽子吧。"

"多了的，我肯定送回，一只不留。这灰不溜秋的，我要它做什么！"

……

待到所有的比赛结束，已是暮色苍茫。

仰云天回到家里，立刻去了晒楼，用手电光数点鸽舍中的鸽子，与他当时目测的数字相符，房林有五只鸽子被裹胁而来，而他的鸽子一只也不少。

吃饭后，仰云天把房林的鸽子用一只小鸽笼装好，对老伴说："你给他送去吧，我去，他的脸挂不住。"

"好。"

老伴很快就返回来了，因为房林说他的鸽子都回了家，没少一只，这些鸽子，只可能是野鸽！

仰云天叹了口气，说："我拿到雨湖边去放了，让它们自个儿悄悄地回家吧。"

炸
三
角

　　北兴京剧团从燕赵之地，应邀来到湖南古城湘潭，第一晚的戏码是《连环套》。担纲主演的是四十岁出头的名花脸钟离宏，他扮演的绿林好汉窦尔敦，体量高大，勾脸漂亮，做工、唱功无懈可击。特别是他的唱腔，"堂音"既清亮，又厚实，鼻音用得恰到好处。看戏的几乎都疯了，叫好声此起彼伏。待全剧结束，演员不得不谢幕了三次。

　　在后台卸妆时，钟离宏兴奋得大叫了三声"哇呀呀"，然后说："今晚，我请大伙儿吃炸三角。"

　　有人说："不是公家有宵夜款待吗？"

　　"今晚大伙儿卖力气了，我这当团长的理应请客！出剧院不远，有家北方人开的店子，那里的炸三角我尝过，绝！"

　　北兴京剧团是昨天下午来到湘潭的。

　　今早，钟离宏不想在宾馆用早餐，他想找点儿什么小吃尝尝。按程序，上午九点去平政路的田汉大剧院走台，熟悉一下环境，今晚得粉墨登场。宾馆离平政路并不远，消消停停，遛遛腿就到了。猛地一抬眼，"北地炸三角店"的招牌劈面而来，随即便闻到诱人的香味。在北京演出时，他去过"都一处"老牌名店，那里的炸三角让他流连忘返。馅用鲜瘦肉末拌上高汤，凝成冻后切成小块，叫"卤馅"；用干面皮包上馅捏成三角状，入油煎熟，馅受热而变软。用嘴一咬，一股浓汁冲出，各种美味纷至沓来，妙不可言。

钟离宏兴致勃勃地走进小店。

店堂宽敞、干净，摆着六张桌子。墙上挂着几幅装框的花鸟写意画，笔墨功夫都还过得去，有一股雅气。但这里顾客稀少，竟然只有三四个人。

听见脚步声，从后堂走出一个五十来岁的中年人，光头、阔脸、浓眉、大眼，挺精神的样子。

"客人，请坐！"

"我是闻香而来，请来一盘炸三角。是十只一盘吗？"

"是。"

"听口音，老板应是从北地而来，请问尊姓大名？"

"敝人叫呼延远，做炸三角是家传的手艺。儿子、儿媳大学毕业到这里来工作，我和老伴也就跟来了，小店才开张个把月。"

"恕我直言，人气不太旺呵。"

"是。古城人还不熟悉这种小吃。听口音，先生也应是从北方来？你的口音还有道白的韵味，大概是个角儿。"

钟离宏笑着点点头，然后说："凭老板的这股精明劲，炸三角差不到哪里去，请快点儿上！"

"好咧——"

不一会，一盘炸三角便端上了桌子。

炸三角捏得棱角分明，有型；炸得火候正好，油黄泛亮，有色。钟离宏用筷子夹起来一咬，芬芳满嘴，有馅味、汤香。再细品，瘦肉末又鲜又嫩，还加了香菇末、香菜末、姜丝、蒜丝；汤是排骨文火熬制的，又稠又香，香而不腻。

吃完一个炸三角，钟离宏蓦地站起来，以手指扣桌，字正腔圆地用京白喊了一声："哇呀呀，绝品、妙品、上品呀！"

呼延远站在一边听着，突然也喊了一句："您应是名净钟离老板，我有不少您的光碟，常听哩，小店今天真是有幸了！"

"想不到他乡遇知音，而且我们都是复姓，有缘啊。呼延老板，我请你帮个忙，今晚演出后，我领着全团人马到贵店吃炸三角，麻烦您好好准备一下，好吗？"

"这是您的抬举，我们一定效劳！"

……

卸完妆，清理好后台，京剧团浩浩荡荡几十号人，来到了"北地炸三角店"。

店子大门上方居然挂起了一排红灯笼，里面安上了电灯，红晕柔柔地焕发开去。一个灯笼上写着一个很端庄的楷书金字，连着念是一句话：欢迎梨园名角品尝炸三角。

钟离宏记起来了，白天看店里的国画时，落款是"呼延卓"，那应是呼延远的儿子。这小两口准是搞美术行当的，灯笼和字也应出自他们的构想，只有年轻人才张罗得出这种欢迎的场面。

店堂里依旧是六张桌子，但店门外的人行道上，还特意加了六张桌子，"六六大顺"，吉利呵。

人们热热闹闹地入了席。

许多在剧场搞报道的新闻记者也来了，照相机、摄像机在桌子与桌子之间游走。

呼延远特意把钟离宏领到厅堂里，请他在最前面的一张桌子边坐下。

呼延远和老伴，还有他前来帮忙的儿子、儿媳，把一盘盘的炸三角摆上了桌子，还特意备上了啤酒、香茶。

店里店外，香气馥郁。

在筷、碟和品嚼声中，叫好声时或响起，如同剧院里观众看到精彩处的激情洋溢。

记者们忙着拍照、摄像、采访。

钟离宏吃得高兴了，突然站起来，说："我们今晚首场演出成功，首先要感谢古城观众的捧场。演出结束后，还要感谢呼延老板精美的炸三角，让我们一饱口福，它不但有纯正的北方风味，还兼容了本地的饮食特色，好得很呵。为了表达我们对呼延老板的谢意，我即兴为他清唱一段。"

掌声哗哗啦啦响起。

"将酒宴摆至在聚义厅上，我与同众贤弟叙一叙衷肠……"是《连环套》中窦尔敦的名段。

"好！好！"

喝彩声一片。

子夜了。

钟离宏掏出票夹付完款，突然说："呼延老板一家辛苦了，我给你家另付小费一千元！"

呼延远说："这……小费比食费还多了两倍，不行，不行。"

"您不收，就是看不起我们了。明晚我们还来！"

当钟离宏领着剧团的人走后，所有的桌子又呼啦啦坐满了。

这样的好玩意儿，名角都称赞不已，古城人能不尝尝吗？

圆月桌

七十岁的和乐明，一到吃饭的时候，望着餐厅里的这张圆月桌，就愁得眉毛打结。

在古城这条长长的巷子里，和家是一个独立的小庭院。前庭是一块土坪，一左一右立着两棵老桂花树；后庭是一溜老式砖木结构房子：两个卧室，一个客厅，一个餐厅，一个厨房。土坪并不宽大，房间也很促狭，但和乐明觉得太空荡了，他和他的影子，总是印在一片厚重的寂寞之上。

两个卧室，一个是他和老伴的，另一个是两个儿子大和、二和的。十多年前，两个儿子相继成家，陆续搬到城外各自工厂的宿舍区去了，如今都过了四十岁，一家一个孩子，在读高中和初中。而一年前，老伴也因心脏病撒手而去了。

餐厅里那张圆月桌，吃饭的常规人数，由四个变成三个，再变成两个，眼下就只剩下他一个了。当然在节假日，圆月桌有时也会围得满满的，有儿有媳有孙，但毕竟这样的机会太少太少。儿子、儿媳工作忙，时常加班，孙子要参加正课之外的各种学习班，怎么分得开身？老伴在时，他感觉不明显，两人在圆月桌边相对而坐，一边吃饭，一边说说话儿。可当老伴不在了，他一个人孤单地买菜、买米、做饭、炒菜，然后一个人坐在宽大的桌子边，自己都觉得自己可怜。

圆月桌上年岁了，漆色早已脱落，但却结实、端庄，是上辈子还是上几辈子传下来的？和乐明茫然，反正从他懂事起就在这张桌子边吃饭。祖祖辈辈都是泥水匠，他也是泥水匠，一直干到六十岁退休。两个儿子却没有继承祖业，大和是一家机械厂的钳工，二和是一家油漆厂的配料工。

和乐明从小就喜欢这张圆月桌，因为在这条巷子里，还没有谁家有这种型号的物件。这是一种两个半圆桌合在一起的桌子，分开来各有一个半圆桌面和三条桌腿，合起来是一个整圆桌面和四条桌腿。奇巧呵，两个半圆桌相邻的四条桌腿一旦并拢，变成了严丝合缝的两条桌腿，粗细和另外的两条桌腿相同。合起来的叫圆月桌，分开来的叫月牙桌。

和乐明一个人吃饭，用得了这么大的桌子吗？看了就让他怅惘。拆开来就用一个月牙桌吧，又觉得费事，而且不吉利，圆圆满满，干嘛要一分为二呢？

寂寞难耐。好在隔壁院子的宗学，隔三岔五会来坐一阵，和他聊聊天。

宗学在市博物馆当馆长，快六十岁了，瘦瘦高高，满脸是

和乐明一个人吃饭，用得了这么大的桌子吗？看了就让他怅惘。拆开来就用一个月牙桌吧，又觉得费事，而且不吉利，圆圆满满，干嘛要一分为二呢？

笑，说话慢言细语，一肚子的学问。

他们不仅是邻居，而且还有业务上的往来。和乐明退休前供职的建筑公司,签下合同承包了博物馆的房屋维修。凡检漏、粉壁、砌砖这些活计，宗学总要求对方派和乐明领人来完成，因为"和师傅的技艺炉火纯青"。

在一个月色清朗的夜晚，宗学敲开了和家的院门。

"和师傅，我闻到你院里的桂花香了。"

"宗先生，请进，请进。"

他们在客厅里坐下来，喝茶，抽烟，聊天。

"和师傅，过两天是中秋节了，孩子们都会来陪你过节吧。"

"都打电话来了，会来的。"

"你泥工手艺不错，烹饪也是内行，身体又好，做几个人的饭菜，轻轻松松。"

"这样的机会少呵，他们都忙。每当一个人坐在圆月桌边吃饭，就愁得不行。"

"那是的。什么？圆月桌？是可分可合的圆月桌？"

宗学的眼睛睁大了，惊异地望着和乐明。

"一个老物件，不堪入目。不是图个念想，我早扔了。"

"让我看看如何？"

"在隔壁餐厅里哩，请。"

餐厅里果然立着一张圆月桌。

宗学看了桌面看桌腿，又用手在各处敲击了几下，说："这是黄花梨木做的！"

　　他请和乐明帮忙，各抬一端，把两个半圆桌分开，再并拢去。

　　"和师傅，我告诉你，这是明代的东西，了不起的一件宝贝！"

　　和乐明大吃一惊，说："有好几百年了？"

　　"而且，稀罕，存世的不多。和师傅，我在博物馆干了几十年，这眼力你不会怀疑吧？"

　　"当然不怀疑。"

　　"我还要告诉你，它的市场价值在百万元以上。"

　　和乐明的眼睛发直了，然后长长地"呵"了一声。

　　"这是个吉祥物，圆月桌，'圆'者，和谐、快乐；'月'者，圆满、明亮，正应了你的姓名'和乐明'。这个院子，这件宝贝，你和儿孙们，要好好地守护。"

　　"我一天不闭眼，一天不会离开它。"

　　"好，好。不过，你一个老人守着这样一个院子，这样一件宝贝，怕有闪失呵。你把我对圆月桌的鉴定告诉贤侄们吧，他们会想出办法来的！放心，圆月桌是个秘密，我不会对外说的，你们也要嘴严！"

　　"一定，一定！"

　　"今晚来访，哈哈，我宗学收获不小。告辞！"

　　……

中秋节过去了。

和家的长子大和，领着一家人住进了院子。

每天，和乐明高高兴兴地做饭、炒菜，脸上的笑堆得满满的。特别是双休日，小儿子二和一家人也会到这里来，热闹得很啊。

三个月后，二和一家人又替换大和一家人住进来了。

和家庭院盈满了脚步声、说话声、笑声。

宗学每当吃饭的时候，望着桌子边的家人，总会想到邻家那张围满了人的圆月桌，圆圆满满，快快乐乐，于是，欣然举筷。

珠光宝气

北阙云从公家的文物商店退休十年了，满打满算，已是古稀之人。只可惜老伴五年前过世，而儿子早去了太平洋彼岸，找了个洋媳妇，生了个中美结晶的男孩，他的日子自然过得有些落寞。

好在他身体瘦健，也没什么要紧的病。他试着去美国探过亲，可听不懂洋话，看不懂电视，真比坐牢还难受。"梁园虽好，不是久留之地"，他赶忙回到了这座江南的古城。儿子儿媳很通情达理，劝他就地解决找个老伴，如果钱不够花，不用发愁，他们会每月补贴些美元。

北阙云动心思了。半夜里醒来，连个说话的人也没有，到底不是个办法，是该找个伴了。他开始像警犬一样，注意起周围的动向。他发现他住的这个社区和邻边的几个社区，每天清早都有不少老头老太太在锻炼身体。从数目上看，男少女多！跳扇子舞，玩太极剑，打腰鼓，唱京剧……一天一个花样，夕阳真是红似火啊。这几个社区的老人，互相穿插着来来去去，完全是一种很松散的联盟。北阙云想：这里面就没单身老太太？以他目前的条件，找一个应该没有什么问题。他马上到街市去置办了各种设备，扇子呀，花棍呀，宝剑呀，腰鼓呀，还有运动服呀，抱回来一大把。接着，就是一头扎进这些团体，有滋有味地练起来。

还没等到北阙云的枪口找到准确的目标，却有目标撞到他的枪口上来了。那天早晨，练完了太极剑，他正坐在一个石椅上歇憩，蓦地旁边扬起一阵风，一个老太太坐在身边了。说是老太太，却并不显老，脸很白，露出一截手膀子很圆很光滑，像玉一样。还没等他说话，老太太朝他稠稠地一笑，说："对不起，我坐一下。"

北阙云说："不要紧，你坐。你好像不住在这个社区？"

"嗯啦。"回答的声音很好听，有一点媚。

答话的时候，老太太转过了脸，身子再慢慢转过来，长相十分甜美温柔。北阙云的心，急吼吼地跳起来。

"我叫西门珠。你呢？"

"北阙云。从前在文物商店做事，早退休了。"

"我知道。"

"你怎么知道呢？"

西门珠说："我怎么知道呢？我也不知道。"

北阙云觉得她很调皮，很有趣。他想找个什么话题和老太太聊一聊，但一时竟找不到。突然，他看见老太太脖子上戴的一串珍珠了，每颗都很圆，珠色因受潮而发黄，但最下面的那颗珠子很大，估计有一钱来重。在职时，他是专门经手珍珠翡翠这类东西的，可说是行家里手。他马上断定，这串珠子是野生的东珠，年代久远，可能是有身份的人家流传下来的，那么老太太应是名门之后了。俗话说"七分珠，八分宝"，重到一钱的大东珠，价钱恐怕在几十万元以上了，但这颗大东珠值不了这个价。

北阙云有好话题了，他说："西门珠，你这串珍珠不错，只可惜不会养护，都发黄了，那颗大珠子里有胎柳了。"

西门珠脸红了，说："瞧，你看到哪去了？什么叫胎柳呀？你说给我听听。"

"珍珠内有胎，这胎裂成两块有了一条缝，像柳条似的，就叫胎柳。有了胎柳，这珠子就不值钱了。"

"黄的可以变白吗？胎柳可以愈合吗？怪不得人家都说这串珠子不好看。"西门珠显得很委屈。

北阙云这一刻，也为西门珠委屈起来，小声说："我可以修复它们，不过，你不要对任何人说。"

西门珠说："那我就交给你吧。"

"你放心？不怕我跑了。"

"我放心。我在……你跑到哪里去呢？"

这句话很含蓄，也很大胆，北阙云心都醉了，突然觉得自己年轻了许多。

他回到家把穿珠子的丝光尼龙线小心地解开，用肥皂水把珠子泡了三天，洗净后，再用切碎的通草（又叫通脱木）把珠子裹起来用手轻轻地揉。因为通草柔软，茎里含大量的白色髓，这样揉既不会伤珠皮，又能使珠子光泽发亮。每揉两个小时后，再歇两个小时，以此轮番下去，一共持续了三天，把北阙云的一双眼睛熬得通红。接下来，是愈合胎柳了。他去商店买来一块四川白蜡，又去集市买了一只纯白母鸡，杀了，取出一块稠酽的鸡油。他把白蜡、鸡油和用小刀拨划过表皮的大东珠，同放在一个碗里。然后在灶上架起一口盛了水的铁锅，锅里放上笼屉，将碗放在笼屉中盖上盖子。先用猛火把水煮沸，再改用温火慢慢熬煮；水少了，就添一勺半勺。一天一夜，北阙云没有离开灶边，他仿佛看见白蜡、鸡油慢慢浸入珠体，那条胎柳正在慢慢消失。他要让西门珠见识一下他的本领，当她戴上这串焕然一新且价值重新变得昂贵的珍珠项链时，他是不是可以向她求婚了？

十天过去了。

在灿烂的晨曦中，北阙云把这串洁白无瑕的珍珠，交给了西门珠。西门珠迫不及待地戴在脖子上后，头微微昂起，她感到有无数道目光都被吸引过来，在这一刻，她高贵得让人嫉妒。

交谊舞的音乐响起来了，老头老太太彼此相邀，步入水泥场面。

西门珠说："老北，我请你跳舞！"

北阙云说："好。"

"我要好好谢谢你，老北。每一支曲子，我们都别休息，好吗？"

"好。好。"

北阙云看着西门珠雪白的脖颈上，珠串一晃一晃，并传出细脆的声音，太好听了。

……

第二天早晨，西门珠没有来。

第三天早晨，西门珠也没有来。

北阙云向人打听她是住在哪个社区的，都摇摇头说不知道。

西门珠像一缕云，像一丝风，不知从何而来，也不知向何而去。

北阙云突然觉得自己真的老了。

有一天夜里看电视，是一个直播现场拍卖珠宝翠玉的节目，北阙云突然看见西门珠的那串珍珠了。

他冷冷地"哼"了一声，然后把电视关了。

黑
窗
帘

　　每次走过塘边这栋小楼，我就悚然地加快了步子，低着头，不敢看它一眼，尤其不敢看那个大窗子。那窗上蒙着一块黑灯芯绒窗帘。已经是夏天了，还蒙得那么严实，仿佛那窗帘后遮藏着一个秘密。

　　我想，这秘密是黑色的、凝重的，充满着悲伤的气氛。

　　可我上班必须经过这栋楼，出出进进就这么一条路，想躲开它还不行，命运就安排得这么巧。

　　先前，到了黄昏，我顶喜欢到这里来散散步，让头脑轻松轻松。那一泓碧水，映着一座红砖小楼，小楼又是如此地安宁，没有半点声响，如同一个娴静的少女。塘边生长着萋萋青草，像一条绿色的缎带，袅袅娜娜绾住一面明镜。塘中央，还飘着数簇水浮莲，颤颤的，羞怯怯的。夕光淡淡地投映在水中，泛开一片朦胧的红晕，像一幅水印木刻画。

　　就在那一个黄昏，我站在塘边，偶尔一回头，完全是漫不经心的——看见了小楼的那个窗口，挂着一块黑窗帘，黑得那么阴郁，与周围的色调形成了非常强烈的反差效果。那窗帘仿佛还轻轻晃动了一下，有冷冷的目光透过黑的色块射出来，那后面一定有一双大大的眼睛。

塘畔静悄悄的，一股寒意猛地袭到了心上，我打了个冷噤，慌忙逃开了。

黄昏我再也不敢到那儿去散步了。只是上班、下班一定要经过那儿。

黑窗帘。

我搬到这儿来不到一个月，邻里之间还没有过什么交道。下了班，和妻子、孩子只好闷在家里，看一会电视，再趴到桌上写在报社没有写完的文章。寂寞。而且脑子还老走神，眼前说不定什么时候就飘来了一片黑影，又是那一块黑窗帘。

黑窗帘！为什么窗帘要用黑的？不会用红的、绿的，或者是紫的？这黑窗帘为什么要挂在那一个窗口上？偏偏我上下班得经过那儿！

那黑窗帘后，准有个什么秘密，这秘密无时无刻不在折磨我，激发起我对它不可遏止的兴趣。

我失眠了。

即使是白天，坐在编辑部，也常常会想到那黑窗帘。于是笔也变得迟迟疑疑起来，思路干涩，连总编辑也有点不高兴了，好几次打回了我的稿子。

那黑窗帘后有一双眼睛。我相信。

晚上，我坐在灯前。正准备改写那篇白天没有通过的小通讯。忽然门被推开，进来的是隔壁的一位退休了的老大爷，姓什么？叫什么？不知道，只是碰着了彼此点点头，笑一笑而已。

我尴尬地站起来，招呼他快坐下。他没有落座，只是不停地搓手，脸色挺庄严，犹豫了好一阵，说："你看见了吧，那小楼，那个黑帘子，怪叫人不痛快。什么时候了，还挂着块黑帘子。"

哦，他也看见了那黑窗帘，那么说，住在这里的人都注意到了那黑窗帘。

我问："那楼里住着什么人家？"

他想了半晌，才说："好多年一直没有住人……后来，搬来了一户人家，后来又搬走了。早两年，也许是早三年，又好像住进一个年轻的姑娘。是一个姑娘吧，我也闹不清。听说楼原先是她家的，被人占了，现在退了回来。这姑娘也不经常见。这黑帘子还真邪门。"

他说完，莫名其妙地走了，如同刚才莫名其妙地来。

我再也没有心思改写文章了，可明天得交稿，版面都已经留了出来。

一个个体户的致富史。黑窗帘。他很年轻，一双眼睛透着机灵，他经营着一家服装厂，生产出许多款式新颖的服装，行销市场。黑窗帘。第一年的纯收入是五万元，第二年又翻了一番。黑窗帘……

天哪。这是篇什么文章？隔几行就出现一个"黑窗帘"！

看样子还真得到那座小楼去一趟，去看个究竟，非得把那黑窗帘后的秘密揭开来不可，否则真叫人不要活了！

我向妻子打了个招呼，奔出屋，径直朝那栋楼走去。

夜很静，也很黑，路上没有灯，远远地看见塘水平和地泛着柔光。

我又看见了那块黑窗帘。

不是看见的，是用眼睛感受出来的。天太黑，小楼又是黑灯瞎火的，什么也看不见。

我小心翼翼地走到楼房的黑漆大门前，轻轻地敲门，里边没人应。我不得不重重地敲，等了好久，门"吱呀"一声开了，那声音挺哑涩。

出来的是一个老太婆，穿一身黑衣服，一张脸阴阴的，额上又深又密的皱纹，如一部悲戚的乐谱，只有眼睛很亮，亮得让人发怵。

"您找谁？"

我嗫嚅了一阵，才说："找这楼的主人，一个年轻的姑娘。"

她愕然地望着我，望得那么久，脸部干瘪的肌肉扯动了几下，目光冷冷的，哆嗦着说："我就是这楼的主人……这里从来……没有什么姑娘，只有……我一个老太婆。"

"一直没有？"

她的眼睛猛地睁大，双手抖动着，直愣愣地盯着我，再也不说话了。那眼睛里有着许多复杂的语言，恐惧、惶惑、忧郁、惊疑，还有冷漠。她一定在想，我是干什么的？为什么到这里来？为什么提出这些与她毫不相干的问题？甚至会怀疑我有什么见不得人的目的。

她的眼睛真亮，冷冷地逼视着我，像两把刀子顶在我的胸口上。一个穿黑衣服的老太婆，住着这么一栋小楼，窗口挂着块黑帘子。我战战兢兢地后退了一步，背上涔涔地渗出冷汗。

我还想说一句什么话，竟说不出，终于一转身，快步朝家里走去。

走了几步，我忍不住回头望了望，那老太婆还站在那儿，还在盯着我。她没有说一句话，沉默也具有一种威慑力量。

我再不敢回头望了。我嘱咐自己，再不要去望！可走了一截，又忍不住回了一下头，她还站在那儿，一动也不动。

我发疯地跑起来。

那窗帘后该是一个年轻的姑娘，怎么变成了一个老太婆？她的眼睛那么亮，亮得像一个年轻姑娘的眼睛。可她又确实是一个老太婆，穿着黑衣服！是邻居老大爷看错了？还是我糊涂了？

夜里，我做了一个梦。

当我又走过那个窗口时，黑窗帘掀开了一角，露出一个年轻姑娘的眼睛，那么大，那么亮。好像嘴角一动，还对我笑了一下，那笑灿烂得像五月的石榴花。

暗

记

宽敞的画室里，静悄悄的。

初夏的阳光从窗口射进来，洒满了摆在窗前的一张宽大的画案。画案上，平展着一幅装裱好并上了轴的山水中堂。右上角上，写着五个篆字作画题：南岳风雨图。

年届六十的知名画家石丁，手持一柄放大镜，极为细致地检查着画的每个细部。他不能不认真，这幅得意之作是要寄往北京去参展的。何况装裱这幅画的胡笛，是经友人介绍，第一次和他发生业务上的联系。

画是几天前交给胡笛的。

胡笛今年四十出头，是美院毕业的，原在一家幻灯厂当美术师，能画能写。后来下海了，在湘潭城开了一爿小小的裱画店，既是老板又是装裱工。同事们都说胡笛的装裱技艺比一些老辈子强，且人品不错，何必舍近求远，送到省城的老店去装裱呢？

画是胡笛刚才亲自送来的,石丁热情地把他让进画室,并沏上了一杯好茶。石丁是素来不让人进画室的,之所以破例,是要当面检查这幅画的装裱质量,如有不妥的地方,他好向胡笛提出来,甚至要求返工重裱。

胡笛安闲地坐在画案一侧,眼睛微闭,也不喝茶,也不说话。

石丁对于衬绫的色调、画心地托裱、木轴的装置,平心而论,极为满意。更重要的是这幅画没被人仿造——有的装裱师可以对原作重新临摹一幅,笔墨技法几可乱真,然后把假的装裱出来,留下真的转手出卖。

石丁的画已卖到每平方尺一万元,眼红的人多着哩。

眼下,画、题款、印章,都真真切切出自他的手,他轻舒了一口气。且慢!因为他是第一次和胡笛打交道,对其人了解甚少,不得不防患于未然,故在交画之前,特地在右下角一大丛杂树交错的根下做了暗记,用篆体写了"石丁"两个字,极小,不经意是看不出来的。

石丁把放大镜移到了这一块地方,在杂树根部处细细寻找,"石丁"两个字不翼而飞。又来来回回瞄了好几遍,依旧没有!

石丁的脖子上,暴起一根一根的青筋,他万万没有想到这居然不是他的原作,而是胡笛的仿作。这样说来,胡笛的笔墨功夫就太好了!他从十几岁就下气力学石涛,尔后走山访水,参悟出自家的一番面目，自谓入乎石涛又能出乎石涛，却能轻易被人仿造，那么，真该焚笔毁砚、金盆洗手了。

就在这时，胡笛猛地睁开了眼睛，笑着说："石先生，可在寻那暗记？"

石丁的脸忽地红了，然后又渐渐变紫，说："是！这世间小人太多，不能不防！"

胡笛端起茶杯，细细啜了一口茶，平和地说："您设在杂树根部处的暗记，实为暗伤，是有意设上去的。北京城高手如林，若有细心人看出，则有污这一幅扛鼎之作。您说呢？"

石丁惊愕地跌坐在椅子上，问："那……那暗记呢？"

胡笛说："在右下部第五重石壁的皴纹里！'石丁'两个字很有骷髅皴的味道，我把它挖补在那里，居然浑然一体。树根部处空了一块，我补接了相同的宣纸，再冒昧地涂成几团苔点。宣纸的接缝应无痕迹，补上的几笔也应不会丢先生的脸。"

石丁又一次站起来，拿起放大镜认真地审看这两个地方。接缝处平整如原纸，这需要理出边沿上的纤维，彼此交错而"织"，既费时费力，又需要有精深的技艺。而补画的苔点，活活有灵气，更是与他的笔墨如出一途。他不能不佩服胡笛的好手段！

石丁颓然地搁下了放大镜。

胡笛站起来，说："石先生，裱画界虽有个别心术不正的人，但毕竟不能以偏概全。暗记者，因对人不信任而设，我着力去之，一是为了不玷污先生的艺术，二是为了我们彼此坦诚相待。谢谢。我走了。"

胡笛说完，很从容地走出了画室。

石丁发了好一阵呆，才记起还没有付装裱费给胡笛。正要追出去，又停住了脚步，家里还有好些画需要装裱，明日一起送到胡笛的店里去吧！

他决定不将《南岳风雨图》寄去北京参展，他要把它挂在画室的墙上，永远铭记那个让他羞愧万分的暗记……

大

师

上午九点钟的时候，年过八旬的著名山水画家黄云山，正坐在画室的大画案前用紫砂壶啜着茶，目光却移动在一张铺好的四尺宣纸上，于下笔之前，构思着一幅《深山行旅图》。

门铃小心翼翼地响了。过了好一阵，门铃再一次响起，透出一种急迫的心情。

怎么没人去开门，小保姆呢？老妻呢？

黄云山有些生气，正要大声呼喊，猛然想起小保姆上街买菜去了，老妻替他上医院拿药去了，家里就只他一个人。他本想不理睬，但一想，倘若来的是一位老朋友呢？岂不有失礼数。

他重重地放下紫砂壶，急急地走出画室，穿过客厅，猛一下把门打开了。

站在门外的是一个五十多岁的陌生汉子，风尘仆仆，右手提着一个旅行袋，左手拿着一幅折叠着的没有装裱的画。

黄云山问："你找谁？"

来人彬彬有礼地向他鞠了一躬，说："您是笔樵先生吧？"

黄云山很意外，来人居然知道他的字，便点了点头。

"笔樵先生，我叫秋小峦，是一个乡村教师。我从外省一个偏远小县来到北京，只为了却父亲秋溪谷的一个心愿。他也当了一辈子的乡村教师，也业余画了一辈子的山水画，对您又极为钦服，他辞世前嘱咐我：'无论如何要携画去京请笔樵先生法眼一鉴，看此生努力是否白费，回来后在坟前转告我，我也就可以闭目于九泉之下了。'"

秋小峦说得很快，为的是怕耽误黄云山的时间。

黄云山有些犹豫，像这样上门求教求画求鉴定的人太多了。他年事已高，实在是没有精力应付了。

"笔樵先生，十九年前，我父亲行将退休，县教育局组织老教师进京参观。他多方打听到您的地址并找到这里来拜访，恰好您外出讲学，便留下一封信交给了尊夫人。"

黄云山"呵"了一声，似乎有点印象，又似乎一点印象也没有。他用一只手习惯地扶住门框，依旧没有请客人进屋的意思。

"您放心，我不进您的家，只想耽误先生几分钟，请您看一看这张画，我也就可以向死去的父亲做个交代了。"

秋小峦的眼圈红了，眼角有泪光闪烁。

"好吧。"黄云山为秋小峦的孝心所感动，脸上有了笑意。

他接过那张折叠好的画，缓缓地打开，是一幅用积墨法画出的《楚山春寒图》，苍苍茫茫，云烟满纸，繁密处不能多添一笔，却能做到不板、不结、不死；在最浓墨处也能分辨出草、树、石的层次，称得上是大气磅礴，浑厚华滋。

黄云山激动起来，大声说："恕老朽怠慢，请进！"

他们一起走进了画室。

黄云山问："除了此画，还有吗？"

"旅行袋里还带了二十余幅，其他的都在家里。"

"待我净了手、焚香，我要好好看看你父亲的大手笔。国有颜回而不知，我深以为耻！"

黄云山忙净了手，又给秋小峦沏上一杯茶，再寻出一个铜香炉，插上一根点着的檀香。

满室芬芳。

黄云山足足看了两个小时，然后长叹一声，说："能得积墨法妙处的有明末清初的龚贤，现代画家中，就要数黄宾虹和你父亲了，可惜这两位也都先后过世，悲哉！悲哉！从你父亲的用纸上，可看出他生前生活的窘困，而从画面上又看出他的豁达乐观和淡泊名利，我辈惭愧！"

他们坐下来开始亲切地交谈。黄云山问得很细，诸如秋溪谷的身世、师承、生活、读书……

秋小峦虔诚地一一回答。

黄云山说："你一定要进京来为你父亲办一个遗作展，他是一个可以进入美术史的人物，是真正的大师。我给你写几封引荐信，让我的老友们开开眼，别高踞北京，以为天下无人。费用、场地、新闻发布会，我们来安排，不用你操心。"

然后，他站起来，向秋小峦鞠了一躬，说："一是敬佩你的孝心，为了尊父的嘱托，不远千里而来；二是请你原谅我的失礼，差点与一位大师的作品失之交臂。"

秋小峦忍不住大声恸哭起来。

看看壁上的大挂钟，十一点了。秋小峦慌忙站起来，揩干泪，说："笔樵先生，我该走了！"

"不忙，在此午餐！"

两个月后，"秋溪谷先生遗作展"在北京的美术馆顺利举行，观者如云，好评如潮。

在众多记者和名流参加的学术讨论会上，黄云山真诚地对秋小峦说："我愿以我平生的一幅得意之作，交换你父亲的任何一幅小品，以便时时展读，与他倾心交谈！"

掌声如雷鸣般响起来。

鲜于先生汤

　　江南大学校门的左侧，曾有一截子小街，街上有文具店、杂货店、油盐店、裁缝店……当然也有饭店。这些店铺基本上是公家开的，以应师生之需，准确地说，主要的服务对象是教职员工。尤其是饭店，在那个年代，能光临的大学生极少，不像现在，大学生多为独生子，家境大多不错，上馆子也就轻而易举。

　　"傍学居"是一家小饭店，一个经理，四五个员工，但店堂收拾得很干净，小方桌、矮板凳，古朴有致。

　　中文系的鲜于文尊先生常常到这家小饭店用餐。

　　"鲜于"是复姓，南方很少有这个姓。鲜于先生说一口北方话，出生地应是燕赵之间。他是北京大学中文系毕业的大学生，于上个世纪五十年代中期分配到江南大学来的。中等个子，脸色白皙，戴一副黑框眼镜，一抬手一举足都显得文质彬彬。他之所以常来傍学居，其一，他是个单身，未有家室，老吃食堂也就腻味，所以大多数中餐都在此享用；其二，他与经理岳戈似乎特别投缘，尽管岳戈比他年长两三岁，且没读过几年书，因祖上几辈皆操厨业，于烹饪上多有见地，恰好鲜于先生出身于世家，在"吃"上见多识广，因此两人大有相见恨晚之意。

鲜于先生在中文系，开着两三门课，其中最受欢迎的是"《聊斋》赏析"。他讲起那些狐仙鬼怪，绘声绘色，且能旁征博引，显示出一种深厚的学力。有倾慕他的女学生早早地进入教室，坐在头几排，希望引起他的注意。可他很少留意这些女弟子，春去秋来，仍是孑然一身。

岳戈有时候催促他："鲜于老弟，这里面就没有你中意的？"

他的脸红了，嗫嚅着说："师道尊严，岂可与学生谈婚论嫁。"

鲜于先生如来傍学居用餐，总是十一点来钟就到了。他不太喜欢吃荤菜，即使是要吃鱼肉，也往往是略加几片，形同佐料。一般点四个菜，其中必有一个汤，这个汤他要亲自下厨去做。其他三个菜，则由岳戈执勺——也只有鲜于先生来了，他才下厨，人家是经理嘛。

在下厨之前，他们往往相对而坐，沏上一壶茶，说一些关于饮食方面的话。有时候，岳戈会就鲜于先生给他荐介且读过的某本古书，请其释疑。

"鲜于先生，你让我读的《古槐书屋词》中，有《双调·望江南》三章，其三的下片是这样写的：'鱼羹美，佳话昔年留。泼腊烹鲜全带冰，乳莼新翠不须油，芳指动纤柔。'这写的是杭州西湖的'宋嫂鱼羹'，也就是醋熘鱼，这'全带冰'作何解？"

鲜于先生微微一笑："不错，读书就要这样。这个'冰'字，读厂声，似'柄'音，古书中有'生鱼'之义。你如果去过杭州的楼外楼，点了这道菜，跑堂的就喊道：'全醋鱼带柄！'什么意思呢？即除一盆醋熘鱼外，还有一小碟从鱼身上取下的生鱼片，可以蘸佐料以食，有如日本生鱼片的吃法。"

岳戈佩服极了，连声道谢，又问："你下厨做三白汤？料已备好了。"

所谓"三白"，即菜（新鲜蔬菜）、笋（鲜笋或干笋）、豆腐。

鲜于先生系上岳戈递过的围裙，很从容地走进厨房，站在灶台前。先在锅中下猪油，待清烟飘起，搁下菜、笋、豆腐，撒盐花，略炸一阵，再舀入清水，盖上锅盖。一刻钟后，汤沸，下香菇丝、香肠丝、雪里蕻、虾米。敞锅烹煮十分钟后，倒入一小杯黄酒，接着下姜丝、葱段、豆豉。盖上锅盖，熬五分钟后，芳香四溢，便可入盆上桌了。

岳戈不知看过多少次鲜于先生做三白汤。

他知道这是鲜于先生家厨的名菜。

十年过去了。

校园里突然沸腾起来，红旗帜、红袖章到处都是，口号声喊得震天撼地。

岳戈发现鲜于先生好些天没来傍学居了。

有一天深夜，轮到岳戈值班守店子，刚刚在二楼的值班室躺下，忽然听见轻轻的敲门声，他忙下楼去开了门。

站在门外的是鲜于先生，衣冠不整，眼镜用细麻绳系着挂在耳朵上，脸色苍白，额上还有血渍，显得疲惫不堪。

岳戈赶忙把鲜于先生让进屋里，然后关上了门。

"鲜于先生，您……这是被他们打的啊？"

鲜于先生点了点头。

他们坐下来，许久都没有说话。

岳戈想：一个外地人，出身不好，讲的课都是狐仙鬼怪，又没有家可以避避风浪，这日子怎么过？

"岳戈兄，我今夜来，就是想再喝碗三白汤，你能不能替我做一次？"

岳戈的眼睛湿了，哽噎着说："行。你坐着，我去做。"

岳戈匆匆地进了厨房，择了几棵白菜的心，选出上等的干笋片和浸在凉水里的白豆腐，细细地洗干净，切匀；接着，又备好香菇、香肠、雪里蕻、虾米、黄酒、姜丝……他是第一次为鲜于先生做三白汤，以前都是鲜于先生自己动手。他一边在厨房里忙着，一边尖起耳朵听店堂里的动静——什么声音也没有，死寂如坟场。

岳戈做好三白汤，端到桌子上，说："你先喝着，我再炒几个菜来。"

"不必了，有这碗汤足矣。"

鲜于先生用汤勺把汤舀到小瓷碗里，再用小匙舀到嘴里，慢慢地品尝。一连吃了三小碗，他的脸色渐渐地有了血色，眼睛也亮了许多。

"好手艺！岳戈兄，这汤做得太好了，我不及你！"

"你夸奖了。我平常看你做，偷着记在心里了。"

"也许……以后我再也喝不到这样可口的汤了。"

"鲜于先生，以后你多来吧，我给你做。"

"谢谢。我们相交这么多年……唉。"

三白汤喝完了，鲜于先生站起来，从口袋里掏出几块钱。

"这次算我请客，你这样就见外了。你不必操心，我不会占公家的便宜。"

鲜于先生犹豫了一下，收起钱，说："我会记得这个夜晚和这碗三白汤的。岳戈兄，我得回去了。"

岳戈把鲜于先生送到门外，再看着他的身影在暗淡的灯光下缓缓远去。

三天后，鲜于先生割腕自尽了，鲜血把宿舍的地面染红了一大片。

岳戈闻讯，痛哭了一场。

"文革"过去了，接着是改革开放。傍学居被公开拍卖，买主是岳戈。店堂依旧，招牌依旧，只是岳戈老了。他的两个儿子已长大成人，可以当他的得力助手了。

那用墨笔写着菜名的粉牌，挂在店堂正面的墙上，第一个菜名是"鲜于先生汤"——其实就是"三白汤"。岳戈之所以用这个菜名，为的是怀念鲜于先生，怀念他们交往的那一段日子。

凡有人点了这道菜，岳戈总是亲自下厨制作。原料的配备，烹饪的程序，永恒不变。

这道菜在江南大学师生中名气很大。

盛记裁缝店

这条巷子叫裁衣巷，据说好多年前，巷口有一个闻名遐迩的裁缝店，专给一些有身份的人物订做衣服。后来，裁缝店没有了，但这个巷名却依旧保留下来。

巷口重新有了一家盛记裁缝店，是在上个世纪八十年代初。店主叫盛一清，五十来岁，从公家的服装厂辞了职，租赁了这家小铺面，做中式服装也做西式服装，剪裁就他一个人，缝纫呢，则由他妻子和儿媳担当。他的家，就在裁衣巷中部的一个小院子里。

盛一清在服装厂时，是个技术很好的裁剪师，专做那些有特殊要求的服饰。一旦自己开店，生意自然是不错的。他待人很和气，整天脸上笑眯眯的。

何忠祥第一次走进盛记裁缝店时，正好二十五岁，刚刚被任命为文化局群文科的副科长。他个子很高，一米七八，但是太瘦，有如一根芦柴棍。在任何服装店他都买不到合适的衣服，合了长度，又嫌过于肥大，瘦瘦的身子骨撑不起那个架势。何况十天后，有一个全市性的群众文艺演出活动，他要抛头露面，却为没有合适的衣服而烦恼，急需找家裁缝店订做一套西服。

他拿着一段咖啡色的毛料，昂首挺胸走进了盛记裁缝店。

盛裁缝（人们都这样叫他）脸向大街，正在一个大案上裁剪一段布料，听见脚步声，笑着抬起了头。

"喂，老师傅，做套西服，要快，我得穿着它去开会。"

盛裁缝把他上上下下打量了一番，问："年轻人，你准是个国家干部，还是个头儿，刚提拔不久？"

何忠祥说："好眼力！"

盛裁缝拿过皮尺，在何忠祥身上量了几下，说："行了。七天后来取吧。"

何忠祥说："就行了？老师傅，这料子可是几十块钱一米的。"

"不合身，我赔！"盛裁缝说话很硬气。

何忠祥忙说："我不是这个意思……"

七天后，何忠祥来取衣。他把上衣放在案子上比了又比，觉得前摆比后摆长。一试，左看右看却十分合身。他喜滋滋放下工钱，道一声"谢谢"，风风火火地走了。

以后，何忠祥的衣服都在这里做。他对盛裁缝佩服极了，小技真的不可小看。

三十五岁时，何忠祥解决了"副科病"，总算是当上了群

盛裁缝拿过皮尺，在何忠祥身上量了几下，说："行了。七天后来取吧。"

文科的正科长。他说话、办事显得比年轻时稳重，连走路都是一步走稳了再走下一步。他的衣服仍请已是花甲之年的盛裁缝来做，取衣服时，他在案子上把前摆和后摆比一比，一般齐，再穿到身上，没一个地方不合尺度！

他们是老熟人了，趁这机会正好聊一聊天。

盛裁缝说："小何，你如今办事一定考虑得很周到，既有主见又能关照各个方面，还得往上升。"

何忠祥说："您老真是一双法眼，谢您吉言。"

五年后，何忠祥当上了文化局副局长；又熬了五年，坐上了文化局"一把手"的宝座。

岁月的重负使何忠祥的腰弯了一些，也显得有点老相了，走路很慢，说话的节奏也很慢。

何忠祥取衣时，盛裁缝总要递过一个凳子，让他坐下来歇一歇，喝杯茶。茶喝完后，何忠祥把衣服的前摆和后摆比一比，怪，后摆比前摆长，但一试，却是前后一般齐，这手艺了不得！

盛裁缝说："我七十多了，该休息了。我的儿子也提前退了休，以后就是他坐店了。"

果然不久，小盛裁缝走马上任。

何忠祥在试穿一套西服时，横看竖看，就是觉得不合身。他说："请把你父亲叫来，这衣服你是怎么做的？"

小盛裁缝只好去把父亲请来。

老盛裁缝看了看衣服，说："我来改一下。还差点火候哩。"

何忠祥忙问："这是家传的活，怎会差点火候？"

"技艺上没差，差的是眼光。像你们当干部的，少年得志，挺胸昂首，衣服的前摆自然要比后摆长一点；到了中年，锋芒稍敛，立身平稳，前后摆就必须一样齐了；再往后，人就有点暮气了，凡事谦抑，低眉顺眼，腰也弯，背也驼，后摆当然要比前摆长。"

何忠祥听了，半晌说不出话来。

逍遥游

江南大学是一所老资格的大学，中文系又是江南大学的名系。之所以中文系声名赫赫，是因为有一批久负盛名的老教授，在许多学科上可说是一言九鼎，领风气之先。

名圣臣、字散木的贺先生即是此中之一。

他的专长是古籍校勘与论证，最为人钦服的是《庄子》研究，写过许多振聋发聩的专著。他字"散木"，也是取自《庄子》书中，自谦为无用之"材"，但"不材"即可免遭斤斧之苦而尽天年。

贺先生的样子，尤其是五十岁以后，极似一棵瘦矮枯黄的杂树，一点也不起眼。他的个子也就一米六高，背有些弯，平头，脸色蜡黄，唇上蓄两撇八字胡，说话时露出两颗大门牙。他喜欢着青色的衣裤，加上布鞋布袜，乍一看，俨然一乡下农民。

上个世纪六十年代初，中文系的办公楼，立在校园东南角的一个小庭院里，是彼此相连的双层木结构小楼，飞檐翘角，古色古香。有一天黄昏，不知何故，起火了，电铃骤响，让所有的教职员工迅速撤离。贺先生当时正在办公室撰写讲义，同室的青年教师陶淘慌忙丢下手中的书，往门外奔去。陶淘是教现代小说的，自己也写小说，在文坛已有相当的知名度。

贺先生一声大喝："你跑什么？"陶淘连忙恭敬地侧立门边，说："贺先生，您请！"

事后，贺先生对陶淘说："我让你等一下，是想提醒你，什么事都不必慌乱，泰山崩于前而色不惧，大丈夫要有这个心境。"

陶淘说："是，是。"

贺先生喜欢独来独往，以书为伴，上课之外，不串门，不交际，不嗜烟酒。唯一的爱好是在休息日，带一两本古书和干粮到郊外的僻静处，赏玩山水后，坐在树石旁读书。他的眼睛真好，读了这么多书，却无须戴眼镜。他曾以诗嘲弄那些戴着深度近视眼镜的同辈："终日耳边拉短纤，何时鼻上卸长枷。"

"文化大革命"说来就来了。

贺先生被打成"反动学术权威"，红卫兵小将隔三岔五拉着他去游街批斗。他被戴上一顶很高很尖的纸做的高帽子，胸前挂着一块黑牌子，上写"打倒反动学术权威贺圣臣"，手里提着一面铜锣。他没有一点沮丧之色，从容地走着，锣声响得有板有眼。

他的几个同辈人，有的受不了这种侮辱，自杀了；有的吓得重病复发，住了院。他对他的老伴和儿女说："我不会自杀，也不会因病而逝，我还有几本书要写，我不能让天下人有憾事。"

后来，贺先生又被遣送去了"五七干校"，以体力劳动来改造他的思想。和他同居一室的是陶淘。这一老一少的任务是喂猪，不是把猪关着喂，而是赶着猪野牧。他们两人共一口锅吃饭，俨然父子。

很奇怪的是贺先生对做饭炒菜十分内行，尤其是炒菜，虽说少荤腥，蔬菜由场部统一发放，也不多，但贺先生却能变通烹调之术，或凉拌，或爆炒，或清煮，做出陶淘从没有品尝过的美味。特别是春夏之间，贺先生识得许多野菜，比如马兰头、蕨菜、地菜、马齿苋……他亲自去采撷，以补蔬菜之不足。

陶淘问："您怎么识得这么多野菜？"

贺先生说："我不是出生于书香世家，我的父亲是农民，是祠堂资助我上的学。另外，我看过许多这方面的书，孔子说多识鸟兽草木之名，想不到现在用上了。"

陶淘说："您很有童心，我却没有，惭愧。"

贺先生还采了许多苦艾枝梗，去叶，晒干，然后切成一段一段的。他说他稍懂医道，有些病可以烧艾作灸，十分有效。

"改造"的时间越久，陶淘的情绪也越来越坏。

有一天出门牧猪时，陶淘说身体不舒服，想休息半天。

贺先生说："好吧。"

贺先生把猪赶到不远处的山坡上，让猪自去嚼草。他坐在树下，想他的《庄子》大义。坐了一阵，突然想到陶淘有些异常，慌忙往回赶。

推开门，陶淘上吊在矮屋的梁上。

贺先生忙把被子垫在地上，搬来凳子，站上去，用镰刀砍断绳子，陶淘跌落在被子上。

贺先生寻出一节艾梗，把梗头在煤灶上烧了烧，然后"点"在陶淘的"人中"穴上。

过了一会儿，陶淘醒来了。

"贺先生，你不该救我！"

贺先生说："我已至花甲，尚不想死，何况你！我做了大半辈子《庄子》研究，想收个关门弟子，你愿不愿意？"

陶淘哭了。他因出身不好，又搁在这似无穷期的"五七干校"，女朋友忽然来信和他分手……

"女朋友分手，好事！不能共患难，何谓夫妻。若你们真走到一块，有了孩子，再遇点厄难，那才真叫惨。"

陶淘说："我愿受教于先生。"

此后，贺先生开始系统地向陶淘讲述《庄子》。没有书，没有讲义，那书和讲义全装在贺先生的肚子里。《汉书》记载《庄子》一书为五十三篇，实存三十三篇，分内篇、外篇、杂篇。贺先生先背出原文，再逐字逐句细细讲评，滔滔不绝，神完气足。《逍遥游》《齐物论》《养生主》……伴随着日历翻页，一篇一篇讲过去。

贺先生讲课时，喜欢闭着眼睛，讲到他自认为得意的地方，便睁开眼问："陶淘兄，你认为如何？"陶淘慌忙站起来，毕恭毕敬地说："学生心悦诚服，确为高见！"

陶淘觉得日子短了，有意思了，眼前常出现幻觉：贺先生就像那自由自在的鲲鹏，扶摇直上，"其翼若垂天之云"，自由自在，不以环境险恶为念，堪为他人生的楷模。

世道终于清明了。

陶淘一边工作，一边当了贺先生的研究生和助手。在他的协助下，贺先生完成了几部关于《庄子》研究的重要著作。

贺先生说："陶淘，我也该走了，我的肝癌居然拖过了这么多年，乃为奇迹。庄子说，生为附赘悬疣，死为决疣溃痈。我现在把该做的事做完了，除了写完书，还有了你这个传人，此生无憾。"

几天后，贺先生安详地去了，享年七十有二。

山
左
史
家

　　湘楚大学历史系已退休多年的平兑之先生，亲自给本系的
二十多位中青年教师打电话，称他将于周六的中午，在离学校
不远的"红叶酒楼"设午宴，请赏光莅临。他还说，所邀者都
是数日前到他家购书的人！

　　我也在应邀之列，这不能不说是一件幸事。我们只是学生
的辈分，居然受到了先生的宴请。是他七十七岁"喜寿"的诞
辰？还是他家有了什么别的大喜事？一打听，都不是。缘由很
简单，就是我们买过他的藏书！那些书都是我们所要的佳书珍
本，而且不能叫作买，一律每本一元，是拐弯抹角的赠送。赠
了书，还要设宴款待我们，不能不让人感激涕零。

　　先生姓平名兑之，字寒星，一辈子以治史为乐，受人称颂
的大著有《中国青铜时代考》《商文明探微》《炎黄世系初探》
等十几种。因他系山东聊城人，故老友称他为"山左史家"。

　　在退休前，每给新生上第一堂课，平先生必作自我介绍，

然后必做这样的补充:"我人名中的'兑',应读'锐'。《汉书·天文志》云:'兑作锐,谓星形尖锐也。'故我的字为'寒星'。"他的性情和治史态度,正如他姓名:待人平和谦逊,立论却鲜明而有锋芒。上世纪六十年代,他应邀著文谈自己治史的心得,直言研究中国史,必须掌握四把钥匙,即年代学、历史地理学、历代职官制度学、目录学。系领导批评他"怎么不谈马列主义这把金钥匙",他直起微驼的背,哈哈一笑:"我是谈治史,不是谈政治,你则尽可以去谈!"

做学问的人,离不开书,平先生也不例外。访书、购书、藏书、读书、写书,成了他生活的重要内容。老两口工资不低,还有不菲的稿费,除应付日常开支外,全用于买书。他曾作诗自况:"出卖文章为买书。"

爱书的人,往往藏之自用,决不外借。正如宋僧惠崇说:"薄酒懒邀客,好书愁借人。"但平先生却不赞同这种观点,他的藏书对友人和学生是开放的。只是他取书借给你时,必用一张牛皮纸包好,还叮嘱借者,还书时要连同牛皮纸一起还。但他从不登记,他相信借者的德行,不可能借而不还。

我就多次去平府借书、还书。

平府是一个独立的小院子,院里有花有草有树,十来间青瓦白墙的平房,除卧室、厨房、卫生间之外,全用于放置书籍。客厅的正面墙上,悬挂着平先生手书的汉简横幅,录的是唐人韩愈的《师友箴》:"不师如之何? 吾何以成;不友如之何,吾何以增。"

　　记得几年前，我写《考清顺治帝之生平及死》这篇论文，关于顺治的丧事，是土葬还是火化，颇多迟疑，便于一个星期日的下午，去平府求教。我们坐在客厅中央的方桌边，周围全是书架，书香氤氲扑鼻。平先生让我先坐下喝茶，便去了另一间房子，不一会就搬来一大沓书，有线装的老版本，也有平装的新版书，如《东华录》《清实录》等等。

　　平先生坐下来，点燃一支烟，款款地说："《东华录》中，可看到顺治死后数日，称'梓宫'，又过数日则称'宝宫'。前者即棺木，后者的'宝宫'即'宝瓶'，也就是骨灰坛。这就证明，顺治是有过出家经历的，先用'梓宫'装殓尸体，是礼仪需要，表明他曾有过皇帝的身份，再火化入'宝瓶'，是遵守佛门的规矩。"

　　我问："先生，为什么《东华录》以后的多种《清实录》版本中，却只有'梓宫'而不见'宝宫'了？"

　　"问得好呵。我寻出这一叠书借给你，你可去细细比较。《东华录》是作者蒋良骐于乾隆时，摘抄自当时的还没太删削的《清实录》底本，故可信。后来的此类关于实录的书，是官方发布的，就将'宝宫'删去了，是为顺治溢美。"

　　我连连说："谢先生赐教。"

　　平先生打电话让我们去他家，是上个星期六。秋高气爽，院里的一树红枫，叶艳如火。在一畦金色的菊花前，摆了几张大方桌，桌上放着一沓沓的书。平先生坐在一把圈椅上，我们都围坐在他的四周。

平先生吸着烟，笑眯眯地说："这些年来，你们到我家来借书、还书，因此我就知道你们需要些什么书。你们是历史系的有为者，已成气候了。我呢，想留点什么，让你们有个念想，想来想去只有书最合君意。"

平先生此生爱书如命，如今却要散发出去，我们几乎是异口同声地说："不可！不可！"

他摆了摆手，说："治史的专向性，决定了你们需要什么书，我都给你们找好了，分别罗列在桌上，每一堆上都搁着诸君的名字。我可以毫无愧色地说，绝对是好书。"

大家蓦地站起来，七嘴八舌地婉辞。

他说："请坐下，少安毋躁。我不是白送给你们的，是卖给你们，一元钱一本。老师需要钱，你们不同意吗？"

我们能不同意吗？

有人说："您可不可以把书价定高些？"

他沉下一张脸，说："我是一口价，不改！各人把书拿走，钱就放在桌子上吧。"

在我的一堆书中，有清乾隆时刻本《东华录》，还有各个时期的《清实录》，以目前市价而估，值数万元。

告辞时，我们排列在平先生面前，鞠躬致谢，然后满载而归。

在平先生宴请的这一天上午，我们又互相打电话提醒：千万不能失约，订于十一点整到达。我们应该去迎候先生，而不可让先生等候我们。

当我们走进"红叶酒楼"的一个中型雅间时，平先生早已端坐在那儿了，这不能不令我们羞赧。

十人一桌，一共三桌。菜肴一道一道摆上来，杯子里斟满了红酒、白酒和果汁。有人悄声说："这样的丰盛，每桌带酒水，应在三千元之上。"

十二时整，平先生端杯站起来，说："谢谢诸君光临。名义上是我做东，其实大家都出了钱，这叫ＡＡ制，钱是大家买书的钱。我原意是赠书，恐大家不收，故说是卖书。但收了钱我心不安，便找了这个相聚同乐的机会，把钱花了。"

大家情不自禁地鼓起掌来。

"我与大家聚会，今后也许……就难了。借此机会，祝诸君奋发努力，取得更大的成绩，也谢谢诸君多年来对我的关心。来，干杯！"

一个月后，平先生将家中的三万余册藏书，捐赠给本校的图书馆。

三个月后，平先生溘然长逝。

直到这时我们才知道，数月前，平先生已查出身患晚期肺癌，却秘不示人，安详地将诸事安排妥帖。

哀乐低回，咸泪迸飞。

灵堂里，高悬着我们共拟的挽联：

     教书、借书、赠书，泽惠后学；

     研史、释史、撰史，功在千秋。

牵手归向天地间

　　马千里一辈子不能忘怀的，是他的亲密战友小黑。小黑为掩护他，牺牲在湘西剿匪的战斗中。他至今记得，当一身是血的小黑已无法站立起来时，却把头向天昂起，壮烈地长啸了一声，欲说尽心中无限的依恋，然后阒然而逝。

　　小黑是一匹马。

　　马千里已八十有三，在他的心目中，小黑永远年轻的活着，活在他的大写意画里，活在他画上的题识中。可如今他已是灯干油尽了，当时留下的枪伤，后来岁月中渐渐凸现的衰老，特别是这一年来肝癌突然向他逼近。他对老伴和儿女说："我要去和小黑相会了，何憾之有！"

　　他的家里，画室、客厅、卧室、走廊、到处挂着关于小黑的画，或中堂或横幅或条轴，或奔或行或立或卧，全用水墨挥写而成，形神俱备。只是没有表现人骑在马上的画，问他为什么？他说："能骑在战友身上吗？现实中有，我心中却无。"题识也情深意长，或是一句警语，或是一首诗，或是一段文字，不像是对马说的，而像是对一个活生生的"人"倾吐衷曲。

马千里不肯住在医院里了，药石岂有回天之力？他倔强地要待在家里，随时可以看到画上的小黑，随时可以指着画向老伴倾诉他与小黑的交谊。尽管这些故事，此生他不知向老伴讲了多少遍，但老伴总像第一次听到，简短的插话推动着故事的进程。

"我爹是湘潭画马的高手，自小就对我严加督教，我的绘画基础当然不错。解放那年，我正上高中，准备报考美术学院。"

"怎么没考呢？"老伴问。

"解放军要招新兵了，我和几个要好的同学都向往戎马生涯，呼啦啦都进了军营。首长问我喜欢什么兵种，我说想当骑兵。"

"你爹喜欢马诗和马画，你也一脉相承。唐代李贺的马诗二十三首，你能倒背如流。最喜欢的两句诗是：'向前敲瘦骨，犹自带铜声。'"

"对。部队给我分配了一匹雄性小黑马，我就叫它小黑。小黑不是那种个头高大的伊犁马或者蒙古马，而是云、贵高原的小个子马，能跑平地也能跑山路。它刚好三岁，体态健美、匀称，双目有神，运步轻快、敏捷，皮毛如闪亮的黑缎子，只有前额上点缀一小撮白毛。"

"小黑一开始并不接受你，你一骑上去，它就怒嘶不已，乱跳乱晃，直到把你颠下马来。"

"你怎么知道这些？"

"你告诉我的。"

"后来老班长向我传道，让我不必急着去骑，多抚小黑的颈、背、腰、后躯、四肢，让其逐渐去掉敌意和戒心；喂食时，要不停地呼唤它的名字……这几招，果然很灵。"

"因为你不把它当成马，而是当成人来看待。"

"不，是把它当成了战友。不是非要骑马时，我决不骑马，我走在它前面，手里牵着缰绳。"

"有一次，你失足掉进山路边的一个深坑里。"

"好在我紧握着缰绳，小黑懂事呵，一步一步拼命往后退，硬是把我拉了上来。"

"一九五一年，部队开到湘西剿匪，你调到一个团当骑马送信的通信员。"

"是呵，小黑也跟着我一起上任。在不打仗又没有送信任务的时候，我抚摸它，给它喂食，为它洗浴，和它有一搭没一搭地说话。它不时地会咳咳地叫几声，对我表示亲昵哩。"

"你有时也画它吧？"

"当然画。用钢笔在一个小本子上，画小黑的速写。因老是抚摸它，它的骨骼、肌肉、鬃毛我熟悉得很，也熟悉它的喜怒哀乐。只是当时的条件所限，不能支画案，不能磨墨调色，不能铺展宣纸，这些东西哪里去找？"

"你说小黑能看懂你的画，真的吗？"

"那还能假。我画好了，就把画放在它的眼面前让它看。它看了，用前蹄轮番着敲击地面，又咴咴地叫唤，这不是'拍案叫绝'吗？"

老伴开心地笑了，然后说："你歇口气再说，别太累了。"

马千里靠在床头，眼里忽然有了泪水，老伴忙用手帕替他揩去。

"一九五二年冬天，我奉命去驻扎在龙山镇的师部，取新绘的地形图和电报密码本，必须当夜赶回团部。从团部赶到师部，一百二十里地，正好暮色四合。办好手续，吃过晚饭，再给小黑吃饱草料。我将事务长给我路上充饥的两个熟鸡蛋，剥了壳，也给小黑吃了。这个夜晚，飘着零星的雪花，寒风刺骨，小黑跑得身上透出了热汗。"

"半路上要经过一片宽大的谷地，积着一层薄薄的雪花，突然小黑放慢了速度，然后停住了。"老伴说。

"是呵，小黑怎么停住了呢？累了，跑不动了？不对呀，准是有情况！夜很黑，我仔细朝前面辨认，有人影从一片小树林里走出来，接着便响起了枪声。他娘的，是土匪！我迅速地跳下马，把挎着的冲锋枪摘下来端在手里。这块谷地上，没有任何东西可作掩体，形势危急呵。小黑竟知我在想什么，蓦地跪了下来，还用嘴咬住我的袖子，拖我伏倒。"

"它用自己的身体作掩体，真是又懂事又无私。"

"好在子弹带得多，我的枪不停地扫射着，直打得枪管发烫，打死了好些土匪。我发现小黑跪着的姿势，变成了卧着、趴着，它的身上几处中弹，血稠稠地往外渗。我的肩上也中了弹，痛得钻心。我怕地形图和密码本落入敌手，把它捆在一颗手榴弹上，一拉弦，扔向远处，'轰'的一声全成了碎片。"

"小黑牺牲了，你也晕了过去。幸亏团部派了一个班的战士骑马沿路来接你，打跑了残匪，把你救了回去。小黑是作烈士埋葬的，葬在当地的一座陵园里。"

"后来，我被送进了医院……后来，我伤好了，领导让我去美术学院进修……后来，我退伍到了地方的画院工作。"

"几十年来，你专心专意地画马，画的是你的战友小黑。用的是水墨，一律大写意。名章之外，只用两方闲章：'小黑'、'马前卒'。你的画，一是用于公益事业，二是赠给需要的人，但从不售卖。"

"夫唱妇随，你是我真正的知音。"

在马千里逝世的前一日，他突然变得精气神旺盛，居然下了床，摇晃着一头白发，走进了画室。在一张六尺整张宣纸上，走笔狂肆，画了着军装、挎冲锋枪的他，含笑手握缰绳，走在小黑的前面；小黑目光清亮，抖鬃扬尾，显得情意绵绵。大字标题写的是"牵手归向天地间",又以数行小字写出他对小黑的由衷赞美及战友间的心心相印。

待钤好印,马千里安详地坐于画案边的圈椅上,慢慢地合上了眼睛……

美髯公

美髯公关关恋爱了，马上要结婚了。

这消息在潭州美术学院如流感的传播，快疾而力度惊人。

关关是国画系的资深教授，教本科生，也带硕士生。只是国画系还没有招博士生的先例，否则他定是博导无疑。教学之外，他又是著名的画家，花鸟、山水、人物都画，但最为人赞誉的是大写意花鸟画，山水和人物只是偶尔为之。

关关的名字是他上大学前自己改的，出自《诗经》的"关关雎鸠，在河之洲"。因为他当时和同座的女同学正在恋爱，以"窈窕淑女，君子好逑"而自矜，于是遂把父亲取的"关键"改为"关关"。高考他金榜题名，进入潭州美术学院，女同学考入外省的军校，军校是不倡导谈情说爱的，于是劳燕分飞，爱情的故事也就打上了句号。他在苦闷之余，开始蓄须明志，一门心思读书、画画，本科毕业再读硕士生，然后留校任教。

他和《三国演义》中的关云长一样，身材伟岸，面如重枣，下巴飘着一把美髯，真的是很酷。不同的是关云长手中握的是青龙偃月刀，他手上握的是画笔。花鸟画走的是八大山人、吴昌硕的路子，墨下得狠，色给得足，造型奇拙，风神自见。他爱研读古典文学，也能写旧体诗词和新诗，题画的款识让人惊喜也让人沉思。他常用刘勰《文心雕龙》中这几句话自况："形在江海之上，心存魏阙之下，神思之谓也。"

国画系的不少老师，都对他敬而远之。他在课堂上的奇谈怪论，往往让别人再不好怎么开讲了。他认为学国画根本不需要学素描，需要的是书法功底，因为素描是造型，书法才是笔墨，国画的精髓就是笔墨功夫。他还说，西方人讲"形"，中国人讲"象"，"大象无形"是把"形"提升为形而上的"象"，故吴昌硕说"老缶画气不画形"。

在这个开放的年代，关关蓄长髯被称作美髯公也好，在学术上他独辟蹊径也罢，可是，他的怪模怪样和性情孤傲让爱情也避得远远，直到三十五岁还是一条光棍，"关关雎鸠"的唱和久久不至。

他网上的博客里，挂着他的文章、照片和画作，许多粉丝都热捧他。一位本地的大龄未婚女医生，有一天走进了他的画室，见面第一句话就是："你的长髯美到家了，你的画怪到家了，我喜欢！"

两情相悦，很快他们就结婚了，但不到半年，又客客气气分了手，矛盾的焦点也是这一把长髯。

大凡医生都有点洁癖。吃饭时，汤水饭屑老沾在他的胡子上，脏。她劝他把这把讨厌的长髯剃去。

他说："不可！关云长的老婆劝过他吗？他到死也是风流倜傥的美髯公。"

"趁着还没孩子，我们分开吧。"

"悉听尊便。"

一眨眼，过去了十五年。

美丽、娴静的研究生尹伊依，突然闯进了他尘封的心灵。

他年已半百，她芳年才二十五岁。

硕士三年，相处日长。但关关从未动过这个心思，教她课，教她画画，为她推荐作品发表，他视她只是学生，只是下一辈人。

尹伊依的毕业论文和作品，都是"优秀"。

这是个夏天的下午。

她说："我要走了……回老家去。"

"好的。祝你一路平安。"

"你不想留我在你身边？"

"我没这个能力留你在系里任教。"

"非得要任教吗？"

"还能怎么着？"

她叹了口气，说："我崇拜你，爱你，你一点都没察觉到吗？"

关关哑口无言。

"你怀疑吗？我可以把这三年的日记给你看……"她突然眼睛红了，小声地啜泣起来。

"我不用看，我相信。可我老了，而你太年轻了。"

"关关，你不老，只是老在这一把长髯上。为了我不被父母指责，不为世人挑眼，你愿意剃掉它吗？"

"我……愿……意。"

"我陪你马上去理发馆好吗？"

"好的。不过，我想把剃下的长髯留存做个念想，你不会反对吧？"

"我答应。"

于是，他们一起去了校外的一家理发馆。理发师为关关剃胡须时，遵嘱把剃下的胡须放进一个小纸袋里，然后交给了关关。

黄昏时，他们在一家西餐馆共进晚餐。法式牛排、俄式甜汤、美式烤松鸡……雅间里灯光暗淡，桌上的烛台插着四支高烧的红烛。

尹伊依说："关关，你很年轻呵，和我一样年轻。"

关关说："你今晚的样子，就像杜甫诗中所描绘的：香雾云鬟湿，清辉玉臂寒。"

饭后，已是满城灯火

关关说："我们去画室吧，我要为你画一张水墨肖像。"

关紧门窗、开着空调的画室里，灯火通明。关关先煮好一壶咖啡，两人品啜后，他再挥毫为尹伊依画水墨肖像。

远处响起隆隆的雷声，接着下起了大雨，雨点打在院子里的芭蕉叶上，响得很绿很脆。

"我怎么回宿舍呀？"当肖像画好，尹伊依悄声问关关。

关关说："就睡在这里吧，小房间里有床。"

风平浪静，什么事也没有发生。

尹伊依想：关关怎么会这样？是不是有病呵……

天稍亮，趁关关还在梦中，她起了床，留下一张纸条，蹑手蹑脚地走了。

这一走，就再也没有回来。

过了一些日子，关关拿着剃下的胡须，去了一家笔坊，让他们精心做几支大提笔，价钱多少他不管。他要用这样的笔，和其他品类的笔，去写字作画，慰藉孤寂的心灵。

他决定重新蓄须，用长长的岁月蓄起长长的须。

口戏

这个"五七干校"地处湘潭市远郊的茅山冲。有山有谷有树有花有水田有菜地,一栋栋的土坯茅草房,散落在山边、田畔、树林中。一九六九年冬,本市文艺界各个行当的人物,当然是多多少少有些"问题"的人物,都被遣送到这里来了。

我是戏工室的专业作家,曾写过几出古装戏,颂扬的是封建朝代的贤臣良将,属阶级立场有严重错误,被批得昏天黑地。能够来干校,我反觉轻松,比在单位没完没了地写检讨强。白天劳动,晚上开会,然后上床睡觉。就是总觉得饥肠辘辘,一餐一钵饭,一碟缺油多盐的小菜,荤腥是难得一见的。在家时,妻子亲操厨事,让我吃得饱也吃得好,从没有饥饿的感觉。我是典型的"君子远庖厨",不会也不想做饭炒菜,除了看书和写戏,什么事都干不了。

我当时四十岁,正是要大量消耗能量的时候,饥饿的煎熬让我度日如年。

　　戏剧界的人分在一个生产队，住在一个大院，每间房住八个人。我和曲艺团的口技演员乐众住上下铺，他上铺我下铺。原先虽和他碰过面，但交谊不深。现在都落难了，大家顿感亲热。

　　乐众五十二岁了，他爷爷和父亲都是有名的口技演员，可惜都已过世。他七岁开始学艺，干这行四十多年了，最拿手的是学百鸟鸣叫，斑鸠、黄鹂、杜鹃、乌鸦、百灵、孔雀、麻雀……惟妙惟肖。他曾随团出访过苏联、南斯拉夫。这是两个"修正主义国家"，乐众也就有了人生的污点。

　　乐众把口技叫作"口戏"，远在明代就有了这个称谓。还说他的原籍是北京，祖上是清末著名口戏大师"百鸟张"张昆山的入室弟子，以后卖艺南下，就在湘潭定居了。

　　有一天晚饭后，我对乐众说："我总觉得饿，难受。您呢，口戏大师？"

　　"吴致小友，彼此彼此，而且，所有的人都一样。我这辈子，会吃也会做，厨艺是相当好的，会做不少名菜。您呢？"

　　"蠢材一个，只会吃。"

　　"只会吃的叫美食家，会吃会做的叫吃家，我是真正的吃家。"

　　"乐大师，没事时给大家讲讲食谱，应该会有'望梅止渴'的效果。"

　　"这是个好题材，我可以说得绘声绘色。"

　　冰天雪地，我们修了一天的水利，在食堂吃了顿半饱的粗菜淡饭，然后又去会议室学了两个小时的《人民日报》社论，这才回到宿舍，洗脸洗脚，再上床睡觉。

十时整，熄灯了。

军宣队、工宣队的人，住在院子外面的那几栋屋子里。

床板的响声此起彼伏，每个人都在床上翻动，睡不着。

我听见上铺的乐众轻轻地坐了起来，接着他操着堂倌的语调，高喊一声："欢迎三位来'东来顺'，里面请！"接着又说："涮羊肉三斤，上火锅、调料呵——"

屋里的人止住了任何细小的响动，在屏息静听。

乐众模仿三个客人移动板凳、落座的声音，再模仿一老叟和一对年轻夫妇的对话。

"爹，您先涮！"

"爹，儿媳先给您涮一筷子，这是礼数。"

"你们知道吗？在北京和北方其他地方，这涮羊肉叫作'野意火锅'，是随满清入关传过来的。'东来顺'肇兴于一九〇三年，先是设摊；一九二一年，建起了馆子。此馆第一是羊肉好，选用的是内蒙古集宁的绵羊，且必须是阉割过的重五六十斤的公羊，每头羊宰杀后大约只有十五斤左右的肉可供涮用；第二是刀工好，羊肉要冰镇后再切成薄片，一斤肉要切出六寸长、一寸半宽的肉片四十至五十片；第三是调料好，芝麻酱、绍酒、酱豆腐、腌韭菜花、酱油、辣椒油、虾油、米醋、葱花、香菜末，任其喜好去调配。火旺了，水开了，涮吧。"

我的嘴角流出了涎水，闻到了满屋子的肉香、调料味。

接着，乐众用嘴制造出筷子夹肉与碟子相触的声音，夹着肉在沸水中来回涮动的声音，舀调料搅拌的声音，夹肉入口咀嚼的声音。间或还传出添木炭的声音，火星子爆响的声音。老人手笨，将一个瓷勺掉到了地上，破碎声很清脆。

大家"呵"了一声，好像看见了瓷勺的碎片。

乐众忽然说："今晚我们吃饱吃好了，睡吧，明日还要干活哩。"

这一夜，我睡得很安逸。

我们忽然觉得有盼头了，天再冷，活再重，饭菜再简单，都无所谓了，因为临睡前有一顿让人大快朵颐的盛餐。

说菜谱，有声有色，有场景，有人物，乐众投入了最大的创作热情，这是他过去从没有演过的节目。

松鼠鱼、鲜鲫银丝脍、全蛇宴、佛跳墙、熘白菜、大闸蟹……有的表现制作的全过程，有的表现吃时的真实享受。

这消息不知怎么被别的宿舍的人知道了，熄灯后，悄悄地蹲在我们宿舍的门边、窗前，听乐众说菜谱，好好地"吃"一顿后，再高高兴兴地去安睡。

乐众在水田开秧门的时候，突然被勒令搬出我们宿舍，搬出这个院子，住进院外军宣队、工宣队的那几栋屋子里去，而且是单间。干活也不跟我们在一起，他单独一个人到山冲里一块坡地上去放一群羊，不与任何人接触。

有一回，我因干活砸伤了手，被批准休病假三天。我装着午饭后散步的样子，离开大院渐行渐远，去了乐众放羊的地方。我没有走上前去，只是站在一丛灌木后，拨开枝叶往外看。乐众背对着我，站在一群山羊前，大声说菜谱，说的是任过湖南督军的谭延闿家厨中的一道名菜"神仙鱼"，从烹制到品尝的声、色、香、味。听完了，我忍不住大喊一声："好！"

乐众转过身来，拱拱手，说："我早看见你了，谢谢你来捧场！我在排新节目，总有一天要登台演出的。"

……

"文化大革命"结束了，五七干校烟消云散，我们都回到了各自的单位。

曲艺团举办了"乐众口戏首场演出"，一票难求。乐众打发人上门给我送了一张一排的票，还捎话说，除以往的传统段子之外，说菜谱是重头戏，望莅临捧场。

我当然要去一享耳福、眼福、口福。

观众疯狂地为说菜谱鼓掌、喝彩。

乐众说完"神仙鱼"时，忽然现场抓彩，对着我说："坐在第一排正中的吴致先生，系我在五七干校的同学，对'神仙鱼'您可中意？"

我站起来，双手抱拳，大声说："此天下美味，先生是独一份，我谢谢您了！"

配角

　　父亲邵伟夫，先是话剧演员，后来又成了电影、电视演员。他的名字很气派，"伟夫"者，伟丈夫之谓也。可惜他一辈子没演过主角或次主角，全是很不起眼的配角，虽是剧中有名有姓的人物，也就是说几句不痛不痒的台词，演绎几个小情节而已。他的形象呢，身材矮小，脸窄长如刀，眉粗眼小口阔，演的多是反派人物：黑社会小头目、国民党下级军官、市井小混混……

　　他的名字是当教师的爷爷起的，曾对他寄望很高。没想到他读中学时，有一次演一个小话剧的配角神采飞扬，被动员去读一所中专艺校的话剧班，从此他就很满足地走上了演艺之路。

　　我还有一个妹妹，我叫邵小轩，妹妹叫邵小轮。通俗地说，我是小车子，妹妹是小轮子。我们的名字是父亲起的，母亲似乎很欣赏，觉得低调一些反而会有大出息。

　　母亲在街道居委会当个小干部，人很漂亮，我和妹妹似乎承袭了她的基因，长得都不丑。母亲对于嫁给了父亲，一直深怀悔意，原想会有一个大红大紫的丈夫，不料几十年来波澜不惊。我和妹妹自小及长，母亲都不让我们去剧院看父亲的戏；电视上一出现有父亲身影的剧目，她便立即换台。她还嘱咐我们，不要在人前提起父亲是演员。这种守口如瓶的习惯，久而久之造就了我的孤僻性格，在什么场合都沉默寡言。

读初中时，一个男同学悄悄告诉我："你爸爸的戏演得真好，可惜是个小角色。如果让他演主角，肯定火！"

父亲在家里的时间很少，尤其是进入影视圈后，或是东奔西跑到一个个剧组去找活干，或是找到了活必须随剧组四处游走。每当他一脸倦色回到家里，首先会拿出各种小礼物，送给妈妈、我和妹妹，然后把一沓钞票交给妈妈。

我把男同学的话告诉他，他听了，微微一笑，说："在一个戏中，只有小人物，没有小角色，这正如社会的分工不同，都是平等的。主角造气氛，配角助气氛，谁也离不开谁。"

母亲轻轻"哼"了一声，然后下厨房去为父亲做饭菜。

我看见父亲脸上的肌肉抽搐了一下，很痛苦地低下了头。

我读高中妹妹读初中时，父亲在出外三个月后，回到家里。他这次是在一部《五台山传奇录》的电视连续剧里，演一个法力高深的老方丈的侍者，虽是配角，出场却较多，拿了五万元片酬。他给我和妹妹各买了一台笔记本电脑，给妈妈买了一个钻石戒指。

我发现父亲的手腕上绑着纱布，便问："爸爸，你受伤了？"

他说："拍最后一场戏时，和一个匪徒交手，从山岩上跌下来，把手跌断了，我咬着牙坚持把戏拍完，导演直夸我敬业哩。"

母亲说："你也五十出头了，别去折腾了，多在家休息吧。"

他摇了摇头，说："不！你工资不高，小轩、小轮正读书，将来还要给她们备一份像样的嫁妆。再说，小病小伤在拍戏中是常发生的，别当一回事。"

我和妹妹不由得泪流满面。

后来，我考上了湖南师范学院的中文系，学校就在岳麓山附近。三九严寒的冬天，母亲打电话告诉我，父亲在岳麓山的爱晚亭前拍戏，让我去看看父亲，还嘱咐我最好把自己伪装一下，别让父亲分神出了意外。

漫天大雪，朔风怒吼。我戴上红绒线帽子、大口罩、羊毛围巾，穿上新买的中长羽绒袄，早早地来到爱晚亭前。警戒线外，看热闹的人很多，我使劲地挤站在人丛里。父亲是演一个寻衅闹事的恶霸，样子很丑陋，说话还结巴，然后被一个江湖好汉狠狠地揍了一顿，把上衣也撕破了，痛得在地上翻滚。这场戏前后拍了三遍，导演才打了个响指，大声说："行了！"

　　我看见父亲长长地嘘了一口气，然后去卸了装，换上平常穿的旧军大衣。接着，又去忙着搬道具、清扫场地。等忙完了，他靠坐在几个叠起的道具箱旁边，疲倦地打起盹来，手指间还夹着一支燃了一半的香烟……

金
钱
花

古城湘潭雨湖边的这条巷子，叫什锦巷。巷子长而曲，住着二十几户人家，一家一个或大或小的庭院。院里的空坪谁也不会让它闲着，种树、植草、栽花，总有几个品类，让春光秋色怡目养心。

可简家的小院里，就栽一种花：金钱花。先长苗于土，再移栽于盆，一盆盆的金钱花搁在高低低的木架上。

金钱花属菊科，又名旋覆花、金榜及第花，多年生草本植物，开花于农历六月伊始，黄色，大小如铜钱，飘袅淡雅的香气。一入秋，花则愈见金黄灿烂。

简家的当家人叫简亦清，在附近的平政小学教语文，高高瘦瘦，面目清癯，走路慢慢吞吞，见人一脸是笑。但据说他讲起课来声震屋宇，学生的精神不能不为之一振。他很安于现状，教小学语文没什么不好，一待就是几十年。同事们都知道他腹笥丰盈，尤其在中国文字的研究上颇有心得，用笔名写了不少这方面的文章公开发表，去教初中、高中的语文，是可以举重若轻的。但他从没想过调离这码事。

简亦清的妻子是街道小厂的工人，工资不高。独生子简而纯考大学时，填的志愿是商业学院的财会专业，父亲问他为什么不想读中文系？他说："我将来想搞经贸，让家里的日子过得富足。"简而纯毕业后，果然去了一家私营企业当会计师。

简亦清的业余生活，很简单，一是侍弄金钱花，二是备课、看作业、读书。他对简化字的推广有看法，认为这把"六书"所称的象形、指事、会意、形声、假借、转注都搞乱了，是得不偿失。他嘴上当然不说，但在课堂上讲到某个简化字时，必写出相应的繁体字加以阐释，学生受益还感到有趣。

简家的日子，正如简亦清的名字：简单、清洁。但是，不露怯，巷里谁家有红白喜事，别人怎么送礼，简家也怎么送礼；电器、家具、衣服、饮食可以不讲究，但简家购买必需的书籍，却从不吝啬。

简亦清身体不怎么好，眼睛发涩（看书太多）、喉咙上火发痛（讲课太用力）、气阻痰多（元气不足）。他懒得上医院，只是用深秋采摘后晒干的金钱花泡水喝，据说很有疗效。

有人问他："简老师，你栽金钱花，是自备良药治病吧？"

"此其一。也可以为别人预防病和治病，此其二。"

问话的人笑了，是另一种意味的笑。现在医疗条件多好，谁得病会去吃这金钱花，主人是期望日进斗金吧？

　　简亦清执教杏坛育人多矣。学生中，当官的、从商的、搞科研的，大有人在。他们现在成气候了，总会记起简亦清当年说过的一句话"一辈子的道路取决于语文"，于是格外专心语于文的学习，因而大有收益。师恩不可忘啊，便常会登门来看望简亦清，聆听教诲。学生告别时，简亦清总会送上一盆金钱花，和一张用毛笔写了字的花笺纸。

　　正在走仕途的，花笺上写的是唐代陈翥的《金钱花》诗："袅露牵风夹瘦莎，一星星火遍窠窠。闲门永巷新秋里，幸不伤廉莫怕多。"

　　"简老师，这诗是你的夫子自道，也是对我的警诫。谢谢。"

　　有经商当了大老板的，花笺上写的是唐代皮日休的《金钱花》诗："阴阳为炭地为炉，铸出金钱不用模。莫向人间逞颜色，不知还解济贫无。"

　　"简老师，我懂得你的意思，赚了钱勿忘做公益慈善事业，我会牢记在心的。"

　　……

　　简家的金钱花，年年是满院子的清香，满院子的金黄。

　　儿子简而纯成家了，有孩子了。

　　简亦清额上的皱纹，一年年的深，一年年的密。就在他办好退休手续的时候，突然病倒了。医院一检查，是肺癌晚期，六个月后安详辞世。秋风飒飒，枫叶萧萧。

　　有一天，简而纯兴冲冲跑回家来，对妈妈说："我们公司董事长给他父亲做七十大寿，为了彰显富贵气象，寿堂内外都要摆上金钱花。他说要买下我家的金钱花，每盆两千元，全都要了！妈，一笔大钱哩！"

老人突然板下一块脸，大声说："你爹生前没卖过一盆花，他走了也不能卖。老板要摆阔，可以去堆金磊银，别糟践这花了！"

简而纯垂下头，喃喃地说："老板会怎么看我？妈……"

"我只记得你爹说过的话：要常想世人怎么看我！"

忘机石

他姓望，名岳，是《湘城日报》农村新闻部记者，已届不惑之年。

《百家姓》里没有这个姓，但流传至今的一万多个中华姓氏中却有"望"氏一脉。人们都以为"望岳"是他的笔名，因为杜甫的一首诗就叫《望岳》，他斩钉截铁地说："不是笔名，是正名！"

他十八年前从大学新闻系毕业，考试合格进了《湘城日报》。因为他是农家子弟，因为他长得粗黑壮实，便被安排在农村新闻部。月月圆满完成任务，年年评为先进，领导殷勤表扬，可有一条，除职称是主任记者外，职务却不升不降，在科员位置上雷打不动。一个月前，报社各部门负责人大面积调整，同事都认为这回该轮到他了，可最终还是名落孙山。

他感到憋屈，憋屈得胸口又闷又痛，吸气、吐气都不顺畅，好像有块硬硬的东西堵着，用手一摸，又什么也没有。于是，轮番到大小医院去照片、问诊、开药吃，费钱费力，憋屈照样憋屈。他不想待在办公室里，装着笑脸听人家的安慰，那比死还难受。于是，他频繁地下乡，开自家的小车，去寻找新闻线索，去写各种消息、通讯，沾地气的稿子频频刊发。领导在大会小会上称赞他不计个人得失，任劳任怨，是堪为表率的好记者。

这是个初夏的上午，黄梅雨下得细细密密。望岳在郊外的养家村，采访完村长帮扶贫困户致富的事迹后，问道："村长，听说贵村有个名老中医养浩然，您能介绍我认识一下吗？"

村长说："你应该宣传宣传他，不但医术高，而且人品好。你想想，他是省城中医院的大腕，干到六十五岁退休，半年前回到出生地养家村，义务为农民看病、施药，分文不取。吃住在我家里，还一定要交伙食费、住宿费。活菩萨啊！你有疑难杂症？"

"嗯。请你引路，我要去拜访养老。"

"这有何难。"

小诊所是村里的一间小杂屋，正中摆一个医案，挨墙立几个中药柜，简陋得让人吃惊。慈眉善目的养浩然，正轮着为几个老叟、妇女把脉开方子。

村长领着望岳走上前，笑着说："养老，这是《湘城日报》的大记者望岳，他工作忙，能不能先给他看病？"

养浩然好像没听见，专心专意为患者望、闻、问、切，直到患者陆续离开诊所，他才说："对不起，我眼中只有病人，

「望岳小友，我有传世的忘机石，先煎熬一碗汤药让你服下，以后，你每隔三天来一次，保管你心宽体健。」

这叫'万法平等'。望记者，现在轮到你了。"

望岳说："养老之言，最合我心意。冒昧相问，养老的姓名可来自古圣贤一语'我善养吾浩然之气'？"

养浩然说："正是。你姓望，这个姓源自朔北的望天城，有两千多年的历史了。《望岳》是杜甫的诗篇名，尊父顺手拈来，可见对唐诗很熟悉，是希望你'会当凌绝顶，一览众山小'。"

"对、对、对。"

"你脸色不好呵，目光亦飘移，日多思夜多梦吧。且让我来为你诊脉。"

养浩然闭上眼，用手指去感受望岳的脉跳。

"你总是感到胸口滞闷，怀疑生有异物。"

"是的。可医院照片又分明没有，但我不相信！"

养浩然点点头，对村长说："你去忙吧。这时候没别的病人，我正好和望岳小友聊聊天。"

村长说："我真还有事。二位记着，正十二点来我家午餐。"说完，飞快地走了。

煮茶，斟茶，品茶。一老一少如同旧相识，谈得十分投机。

望岳感受到一种从未有过的轻松。

"望岳小友，我有传世的忘机石，先煎熬一碗汤药让你服下，以后，你每隔三天来一次，保管你心宽体健。"

养浩然从抽屉里拿出一枚缀有天然花纹的青色鹅卵石，放入砂陶药罐，倒入一瓢山泉水，搁在炉火上煎熬。

望岳问："何谓忘机石？"

"'机'者，尘俗之虑也。忘机石煎水服下，可以清心解滞去烦忘忧。李白诗云'陶然共忘机'，苏东坡也称'鬓丝禅榻两忘机'，都含有这个意思。"

望岳喝下一碗热热的、无色无味的忘机石水，顿觉身心俱爽。

此后，每隔三天，望岳去一趟小诊所，和养浩然胸胆开张地聊一阵天，再喝下一碗忘机石水。

一个月后，望岳不感到憋屈了，胸口不闷不痛了。他觉得在农村新闻部当一个普通记者，挺好！

望岳说："养老，你以悬壶济世为己任，是真正的忘机石。我要为你写一篇通讯，让世人认识你的高风亮节、精妙医术。"

养浩然摇了摇头，说："我不需要这个，请海涵！另外，我要告诉你，这忘机石是一块普通的鹅卵石，是我突发奇想为它命的名，没入过药。人生有许多不尽如人意的事，你得学会忘记！我以忘机石煮水作药，不过是借代，是意医，时间和你自身的悟觉才是最好的灵药。"

望岳愣了一下，然后大声说："养老之言，让我刻骨铭心。能把这枚忘机石送给我吗？"

养浩然大声说："溪涧之中，此种石头到处都有，随手可得。这枚石头，我要留着，以备后之患者。"

归
隐
录

一个人辛辛苦苦工作几十载，鬓微霜，眼渐昏，到了花甲终于可以退休归隐，去含饴弄孙了，但那份对单位对专业对同事的眷恋之情，却又会变得更加浓郁。正如宋词中的名句所状："去也终须去，住也如何住"。

湘楚市博物馆的古籍修复师沈君默，满六十岁这一天，一上班就拿着申请退休报告，急步走向馆长刘政和的办公室，似乎在这里一刻也不想驻停了，真是咄咄怪事。

沈君默个子不高，微胖，慈眉善目，满脸是笑，远看近看都像一尊佛。他不留胡须，下巴总是泛着青光，也不留头发，一年四季都是光头。他说搞古籍修复，图的是一个干净，以免工作时为掉落的一根两根须发分神。这辈子他修复过多少珍本、善本？数不清。无论古籍损坏到什么程度，他都能令其起死回生。

沈君默的爷爷、父亲都是干这个行当的，他是从十八岁一直干到六十岁，整整四十二年。儿子沈小默从大学的历史系本科毕业后，特招进馆跟着他参师学艺，一眨眼也三十出头了。

沈君默有孙子了，刚刚四岁。有人问："你孙子长大了干什么？"

"还能干什么？干祖传的手艺。"

修复一本破损的古籍，就有十几道工序：拆解、编号、整理、补书、拆页、剪页、喷水、压平、捶书、装订……不光是补虫眼、溜口（补书口），这很容易。难的是把经水浸后整本书页粘在一起的古籍，如"旋风装""蝴蝶装"等，经过特殊工艺处理，逐页分离修复，而且要修旧如旧，非高手不可为。

沈君默来到长廊尽头的馆长室门前，正要举手叩门，门却忽地敞开，走出笑吟吟的刘政和。"沈先生，我在等着你哩，请进！托朋友从杭州买来的龙井'明前茶'，已经给你沏上了。"

"谢谢。"

刘政和原供职于历史研究所，调到博物馆来不到三个月。为人谦和，腹笥丰盈，而且不徇私情，全馆上下对他印象颇佳。前任馆长章扬升迁为文化局副局长，在刘政和上任几天后，忽然来馆里检查工作，顺带提出要借走库存的古籍《归隐录》回家去研究。刘政和立马回绝，说："章局长，这是不行的，你可以到这里来读，但古本书是严禁外借的。你是这里出去的，应该知道这个规矩，请海涵。"章扬哈哈一笑，说："我是想试试你，果然坚持原则。"

　　沈君默和刘政和，在一个古拙的茶几边坐下来，玻璃杯里的龙井茶飘出清雅的香气。

　　"沈先生，请尝尝。"

　　"好。嗯，不错，是正宗的龙井村那块地方的货色。"

　　"沈先生，我知道你口袋里肯定揣着退休的申请报告。可你不能走啊，我想延聘你一段日子。"

　　"唉，人老了，眼花了，干不动了。再说，馆里有我的学生、我的儿子，在修复古籍上可以独立操作了。"

　　"恕我直言，他们比你还差点儿火候。馆里有一大册本地前代名人写的《归隐录》，年代久远，水浸、虫蛀，不但粘连在一起，还破损厉害，你不想修复？"

　　沈君默摇摇头，叹了口气，说："不……想，想也是白想。"

　　刘政和解开中山装的领扣，喉结上下蠕动，目光变得锐亮。大声说："我调查过，你曾向章扬提出申请要修复这本古籍，他说这书没什么价值，不批准。还说，库里要修复的古籍多着哩，你为什么要单挑这本？你怎么回答？"

　　"我不能说。"

　　"我现在来替你说。我在历史研究所厮混多年，读过不少书，尤其是有关乡邦历史的书。《归隐录》的作者，叫章道遵，字守真，清道光朝的吏部官员。官方史书上称他为能臣廉吏，风头很健，五十四岁时，皇帝忽然下诏，允其多病之身告老还乡。他回乡后，意气消沉，关门谢客，写了这本《归隐录》，没有付梓刻印，只是聘人手抄了十本，故传世稀少。他是六十岁时辞世的。"

"对。"

"但在当时的野史中，也有人说到他任吏部要职时，暗中收贿，在老家置办田产、房产。但没有佐证的史料，他的形象依旧光辉。章道遵是个真正的读书人，敬儒知耻，我揣测是不是《归隐录》中，有关于这方面的文字。"

"当然有！"沈君默蓦地站起来，大声说。

"你读过这本书？"

"我家有《归隐录》的半本残页，是我爷爷收藏的，中间有数则写他忏悔平生有过的不洁言行，以及皇上对他的宽宥，让他体面地回乡养老。"

刘政和喝一大口茶，拍了拍脑门，说："我明白了，为什么章扬不让你修复此书，为什么我任职之初他要借此书回家研究。他虽未读过此书，但害怕书中有什么不利先祖的文字。因为，章道遵是章扬的先祖，章扬曾写过文章力赞先祖的德行。"

"刘馆长，章扬的为尊者讳，可笑。他的先祖却敢自揭其短，倒是令人钦佩。"

刘政和嘴角叼起一丝冷笑，缓缓地说："恕我直言，你也把我小看了。我想延聘你修复《归隐录》，你愿意吗？"

沈君默低头不语。

"你在想，博物馆隶属于文化局，章扬是分管我的领导，我定然不敢同意，是不是？"

"是。"

"还原历史的真相，是我们的责任。文天祥《正气歌》说：'在齐太史简，在晋董狐笔。'这个节操，我还是有的，有什么可怕的。你有什么条件，请讲。"

"我没什么条件。我到退休年纪了，请批准延聘，多长时间，由你定。我照常上班，每月拿退休工资，不拿任何补贴。"

"我都依你。来，让我们以茶代酒，碰个杯，祝诸事顺吉！"

"好！我自个儿的归隐录，今天就是开篇第一章。"

……

半年过去了，《归隐录》已精心修复，又影印一百部准备分赠本市的档案局、历史研究所、图书馆及本省、外省的有关部门。为此，博物馆举行了隆重的新闻发布会，所请贵宾手中的请柬，都是刘政和用漂亮的小楷所书。

贵宾中只有章扬没到场。

驴
友

在云山村，年近五十的牛忠和马丰，被人称之为驴友。

在网络新语汇中，驴友是指带着行囊徒步旅行的人，牛忠和马丰并不属此类。他们是牵着驴，让游客坐着看乡村风景的人，日出而往，日落而归。

家中的田土、菜园、山地，有妻儿侍弄，无须他们劳神费力，他们想的是怎么赚回现钱。

两年前，乡村旅游突然热了起来，青石镇成立了旅行社，其中有一个项目叫"骑驴看风景"，号召属下几个村子的村民报名参加。驴子由镇上统一到河南购买，钱得由报名者自掏，驴主也就是牵驴载客的人。谁雇驴游玩，每小时费用为一百元，驴主可得六十元。云山村只有牛忠和马丰舍得出几千元去购驴，也看准了这是个来钱的好营生，业务由旅行社接洽，一天少说也能跑四五趟，比干农活轻松多了。

村里人说："这下好了，牛、马、驴可以天天结伴而行了！"

山里人家住得都很分散，牛忠和马丰两家隔着一片小山林。按规定，他们必须在上午八点整赶到青石镇报到。他们往往是天刚亮就要出门，到一个大路口集合，再走一个多小时才能到镇里。

牛忠个子矮壮，脸皮粗黑；他的驴毛色黑而亮，是公的，叫小黑。马丰体格稍显单薄，脸窄长但白净，不像个常年干农活的；他的驴也是公的，毛色青灰，在驴背、四肢中部有暗色条纹，好看，叫小灰。他们自配的鞍子，都是棕色软皮的，坐起来舒服；驴的脑门上扎着一朵红绸团花，很喜庆。

出门时，不是小灰长鸣小黑应和，就是小黑高叫小灰回答，此起彼伏。

这个办法是马丰想出来的，相约出门时，与马忠同时用鞭子抽几下驴，不叫，再抽，只到它们大喊大叫。听到驴鸣，他们便去大路口会合。

听多了，他们对各自驴的叫声，变得熟悉和亲切起来。小黑的性子沉缓一些，"昂——昂——昂——"有停顿有拖音。小灰的叫声既阳刚气足又急躁："昂、昂、昂、昂！"

自家驴用鞭子抽，心疼；它还要负重行走一天，辛苦。有一个早晨，马丰用手握成喇叭状，放在嘴边学驴叫。没想到牛忠应答的驴鸣声，也是从口里发出来的！

见面时，牛忠问："我们怎么都学驴叫了，不是作践自己吗？"

马丰说："我读过一些古书，书上说古时候许多大文人都喜欢学驴叫，还有曹操的儿子曹丕也有这种癖好。牛忠，我们成雅人了。"

因为老是在一起，小黑和小灰俨然如兄弟，一见面，你碰我的脸，我挨你的身，很是亲热。

牛忠问："马丰，它们在悄悄说什么？"

马丰说："说什么？说他们都长大了，该找女朋友了。"

牛忠说："屁话。"

马丰仰天哈哈大笑。

这一天下午四点钟，日头开始西斜了。一对年轻恋人雇了他们的驴，一起去打卦岭看落日。

女的骑的是小黑，男的骑的是小灰。牛忠和马丰牵着驴，并排走在前面。

少男少女不停地互相调侃、说笑，根本不需要牛忠、马丰讲解沿途的风景，他们正好省着力气哩。

女的说："我妈问我跟谁去旅游，我说跟单位的女同事。"

男的说："你妈看得紧哩。你不是照样'将在外，君命有所不受'？"

"呸——"

"什么'呸'，我还'哎哟'呢。"

女的脸上涨得通红，男的得意地扬了扬手中的鞭子，让驴快步走到前面去了。

"前面就是打卦岭了。"牛忠回过头对女游客笑了笑说。

"打卦岭上看落日，宣传单上的照片特别动人！"

很远的地方传来清亮的驴鸣声，只是看不见驴在什么具体位置。

牛忠说："这是母驴的叫声。"

"你怎么知道？"

"因为听得多，声音里带一点温柔，昂哟——昂哟——公驴没有。"

就在这时，男游客骑的驴仰天大叫，朝前面疯跑起来。牵驴的马丰想把缰绳拽住，但显得力不从心，反被驴拉得跌跌撞撞向前跑，一下子就看不见了。牛忠知道前面有一道断崖，可别出什么人命关天的大事！

因为有骑驴的女游客，牛忠只能一步一步往那儿赶。

半小时后，当牛忠拴好驴，再拼力顺坡登上崖顶，看见小灰的缰绳被死缠在一颗矮树上；男游客脸色苍白地趴在一边，说："牵驴的人为救我，摔到崖下去了。"牛忠站在断崖边俯看崖下，马丰的身子摔在一块大石头上，鲜血横流。他不由得大声哭喊起来："马丰！马丰！我的驴友呵……"

……

马丰为救游客，在危险时刻，拼命把缰绳缠在崖顶的矮树上，发狂的小灰蹄子乱蹶，把他踢下断崖，摔死了！

马丰被当地政府授予"烈士"的称号。

牛忠陪着马丰的家人，还有许多村民，守了一夜的灵。到第二天早晨出殡前，牛忠站在放骨灰盒的灵台前，大声说："马丰，你爱听驴鸣，我就学小黑的叫声为你送行吧。"

　　锣鼓声、鞭炮声停了下来。

　　"昂——昂——昂——"